O MANTO DA NOITE

CAROLA SAAVEDRA

O manto da noite

Romance

Copyright © 2022 by Carola Saavedra

*Grafia atualizada segundo o Acordo Ortográfico da Língua Portuguesa de 1990,
que entrou em vigor no Brasil em 2009.*

Capa
Ale Kalko

Imagem de capa
Caminhada noturna, de Ruth Albernaz, 2019. Acrílica sobre tela, 40 cm × 110 cm.
Coleção Félix A.M. Keunecke. Reprodução: Ricardo Carrion Carracedo.

Foto de orelha
Camilla Loreta
Agradecimentos: Pavilhão Japonês

Preparação
Ana Cecília Agua de Melo

Revisão
Camila Saraiva
Clara Diament

*Os personagens e as situações desta obra são reais apenas no universo da ficção;
não se referem a pessoas e fatos concretos, e não emitem opinião sobre eles.*

Dados Internacionais de Catalogação na Publicação (CIP)
(Câmara Brasileira do Livro, SP, Brasil)

Saavedra, Carola
        O manto da noite / Carola Saavedra. — 1ª ed. — São
Paulo : Companhia das Letras, 2022.

        ISBN 978-65-5921-145-6

        1. Ficção brasileira I. Título.

22-124813   CDD-B869.3

Índice para catálogo sistemático:
1. Ficção : Literatura brasileira B869.3

Cibele Maria Dias – Bibliotecária – CRB-8/9427

[2022]
Todos os direitos desta edição reservados à
EDITORA SCHWARCZ S.A.
Rua Bandeira Paulista, 702, cj. 32
04532-002 — São Paulo — SP
Telefone: (11) 3707-3500
www.companhiadasletras.com.br
www.blogdacompanhia.com.br
facebook.com/companhiadasletras
instagram.com/companhiadasletras
twitter.com/cialetras

Para os que vieram antes
Para os meus pais

Vienes, madre, vienes, llegas,
también así, no llamada.
Acepta el volver a ver
y oír la noche olvidada
en la cual quedamos huérfanos
y sin rumbo y sin mirada.

Gabriela Mistral

Sumário

Pré-escrito, 11

Primeiros anos, 17

Cordilheira, 31

O diário carioca, 81

Caliban à deriva, 109

Pós-escrito, 143

Agradecimentos, 155

PRÉ-ESCRITO

Você quer que eu fale. Que te conte dos dias sem céu, das águas escuras, das folhas traçando pequenos círculos. Lembra do tempo dos girassóis? É verão e aqui as flores têm dentes afiados, mortíferos, te agarram as mãos, os dedos, te mastigam com fúria as palavras sem carne. Mas você quer que eu fale, que estenda sobre a pele o tecido moroso da memória, seus bordados. Sei tecer, tens razão, dou forma a breves animais, alguns nadam, escamas furta-cor acendem cintilâncias enquanto caminhas. Há uma ilha. Conto.

A ilha tem o formato de um pássaro. Seu voo subterrâneo. Mergulha e consome o próprio fogo. Flutua na borda de um mundo anterior. É como começa.

A ilha existia antes de nós. Sempre existiu. E as palavras ficavam ecoando, batendo cegas na copa das árvores, nas paredes que se erguiam junto ao mar. Foi assim. Mas não chore, nascemos do esquecimento. Existir é lembrar o que não vivemos. Mesmo que para você viver seja cair cada vez mais fundo. Insetos. Invertebrados. Te observam em sonhos. Por isso alinhavo teu corpo com o fio do desejo, moldo, o nariz, a boca, abro dois buracos em vez de olhos, e encaixo neles dois pequenos brilhantes, para que você enfim veja. Te levo lá para fora, para que o sol inflame o brilho adormecido dos cristais. Você tem medo. Não tenha. Não há nada que você não tenha visto algum dia.

Caminhas ao meu lado agora. Te enfeito com fitas nos cabelos, te tinjo com as sementes mais escuras, prendo um colar de prata em teu pescoço, gravo um sinal sobre o teu coração. Respiras. O ar se convida gelado ao teu corpo, é cedo, não é necessário ter pressa. Conto, sempre fui boa em cálculos: um passo, mais um, mais um passo, mais um, mais um, mais um passo, mais um, mais um passo, um passo, mais, menos um, menos um, menos um passo, menos um, menos um, menos, menos um passo, menos um, menos um.

Falo carregada pelo vento, num idioma que não é meu. Nem teu. Uma língua inventada, macia e venenosa. Falo através. Seta apontada numa zarabatana. Sopro em teu ouvido. Me escutas? Tento dizer algo que nos escapa, sabemos, mas é tua boca que inverte as palavras. Cubos mágicos, palíndromos, anagramas. Tentamos escapar.
Fracassamos.
Fracas somas.
Formas casas
Sofram casas
Cada vez mais profundamente.

Você quer que eu te conte dos dias sem céu, quando o mundo mal tinha começado e não tínhamos bordas onde nos agarrar. A terra era oca e as árvores ainda estavam encantadas. Falávamos a língua secreta de todas as coisas. Desenhávamos no interior da montanha, dançávamos às expensas de um fogo seco. Caminhávamos para trás e teus olhos brilhavam. O que será que enxergavas com teus vidros de luz? Agora você, me fale desse mundo que inventaste com tuas mãos bordadas nas minhas. Mesmo que nada do que digas seja teu.

Acordamos um dia e você havia ido embora. Arauto de estrelas mortas. Me fale de você, do teu novo formato, te dou as asas de uma mariposa, para que voe na cúpula da noite, ouço os teus lamentos, te dou de presente o ritmo das batalhas, e me dá você a espera das frutas, árvore de pele amanhecida, viajante das muitas esferas até chegar aqui. Te espero com uma xícara de chá e o pão assado do futuro. Sonhaste, te pergunto, e você me olha sem ver. Carregas na testa uma marca avermelhada, para que não te percas quando não houver saída.

Você quer que eu fale. Que te conte. Então conto. Um dia acordamos sozinhas na ilha, o céu tinha voado longe. Teu cabelo negro ficou ainda mais escuro e ocupou tudo o que restava da paisagem. Me dá a tua mão, eu disse, e te puxei com força, mas você começou a se desfiar, girava numa velocidade impensável até não restar nada. Caminhei sobre a tua lã. Pelagem de animal morto, deitei sobre a terra e me cobri com os teus ossos. Quantas luas terão se passado. Não vá, você gritou enquanto se afastava em direção ao futuro. Mais uma vez te comeram os vermes, insetos, a fome da terra.

Amanhã de manhã as nuvens terão ido embora e eu te contarei de quando sonhávamos palavras moles e tínhamos flores pelo corpo, e eu te carregava em meu ventre, durante meses, anos. Depois as flores murchas caíram no chão. O tempo dos girassóis. Às vezes sinto tua falta, mas você nunca nasceu. Às vezes sinto tua falta, mas você já nasceu morta. Peguei você no colo, abri a pele fina da membrana que te envolvia e rompi com os dentes o fio que nos escreve.

PRIMEIROS ANOS

1.

Sua primeira memória é uma memória em trânsito. Tem três anos de idade e o avião onde está sobrevoa a Cordilheira dos Andes. Fala espanhol. É o único idioma que conhece. Mas a memória não é de palavras. É uma imagem. Olha pela janela, a Cordilheira está coberta de neve. Não sabe para onde vai. Brasil, explica a mulher ao seu lado. Mas ela não entende o que significa Brasil. A mulher ao seu lado diz ser sua mãe, mas ela não acredita nisso. A avó diz que a menina não a reconhece porque a mãe passou muito tempo no Brasil com o marido, seu pai, mas agora veio buscá-la, e ela vai com aquela mulher para o Brasil, viverão os três lá, no Rio de Janeiro, que é uma cidade muito linda, abençoada pelo Cristo Redentor. Ela chora, não quer ir para o Brasil com uma desconhecida, quer ficar com a avó. Não seja boba, querida, você vai ver o seu pai, não está com saudades dele? Pai? Quem é o meu pai? A mulher que diz ser a sua mãe se enfurece, como é possível que essa criança fale tanta bobagem. A avó tenta defendê-la, coitadinha, você esteve quase um ano fora, as crianças esquecem muito rápido.

2.

Além da Cordilheira, ela não tem muitas lembranças dessa viagem: vomitou, desenhou com umas canetinhas coloridas que a aeromoça lhe deu de presente, vomitou, comeu, vomitou, desenhou, vomitou, vomitou. Até que, finalmente, chegaram no Rio de Janeiro. Ao sair do avião, seu pai as esperava, a mulher que dizia ser sua mãe apontou com o dedo, olha, lá está o seu pai. Um homem desconhecido acena para as duas. Ela não se lembra de tê-lo visto alguma vez na vida.

3.

Vivem em Copacabana. A menina segue a mãe pela casa toda, me deixa ir ao banheiro em paz, ela diz. A menina não se importa com o que a mãe diz, vai atrás dela mesmo assim, a mãe fecha a porta e ela fica ali, com o rosto grudado na madeira que as separa. Mãe? O que foi?, ela grita lá de dentro. Você já terminou? Mas se eu acabei de entrar, para com isso, não é possível que eu não consiga nem mesmo ir ao banheiro, vai brincar com as suas bonecas. Ela não diz nada, mas fica ali, plantada junto à porta, tenta não fazer barulho, olha por debaixo da porta. É verdade que se esforça para nunca perdê-la de vista. É verdade que ainda tem dúvidas quanto à sua verdadeira identidade, não parece ser a sua mãe, mas é a única que ela tem e não vai deixá-la escapar. A mãe é uma mulher loura e alta, dorme até as onze da manhã quase todos os dias, o pai vai trabalhar e Maria, a empregada, lhe faz companhia enquanto prepara o almoço. A menina a ajuda na limpeza, tem a sua própria vassoura. Maria parece com a sua avó, mas com a pele escura. Maria, você quer ser a minha mãe, ela pergunta em espanhol, ainda não aprendeu a falar português. O que foi?, isso que eu disse, se você não quer ser a minha mãe. Sua mãe? Mas, minha filha, eu não sou a sua mãe. Ela tenta explicar, não tem problema, essa que está dormindo no quarto também não é a minha mãe. Maria dá uma gargalhada, ela não acredita na menina, ninguém acredita nela. Por volta das onze da manhã, a mãe se levanta, vem, vamos à praia, ela diz, eu não quero ir à praia, criança não tem nada que querer, ela diz. Caminham pela rua, a mulher usa um chapéu de palha enorme e óculos escuros que cobrem quase todo o seu rosto e a deixam com aspecto de mosca, a menina está com um vestido amarelo, é a sua cor preferida. Passam por um homem que vende caranguejos vivos na esquina. A menina tem medo, os caranguejos caminham ameaçadores pela calçada. Vai, passa logo, diz a mãe. Eu não quero, e aponta os caranguejos, a mãe ri, mas eles não fazem nada, a menina não se mexe, sabe que estão prontos para atacar, o homem dos caranguejos olha para ela, sorri, estende uma casca de caranguejo sem caranguejo na tentativa de apaziguá-la, a menina se esconde atrás da mãe. O espectro do caranguejo lhe parece ainda mais assustador. A mãe a puxa com força pelo braço e elas seguem pela calçada. Na praia brinca com o seu balde de plástico, faz um castelo de areia com a areia molhada, captura algumas joaninhas, coloca-as sobre a palma da mão e depois as transfere para o castelo. Rapidamente as joaninhas se cansam da vida no castelo e vão embora.

4.

A menina se interessa pelas joaninhas, mas não só por elas. Na verdade, qualquer bicho que apareça na areia: joaninhas, tatuís, gaivotas, siris e até uma ou outra baleia encalhada. Um dia viu morrer uma baleia. Os banhistas jogavam água sobre ela, para não ressecar, ouviu alguém dizer, ela também se dedicou a jogar água com o seu balde. Foi e voltou muitas vezes ao mar. Correndo. Mas depois a baleia morreu mesmo assim. E depois os tatuís e siris e joaninhas também morreram e a praia ficou vazia.

5.

As noites são a pior parte do dia, a mulher que diz ser sua mãe se despede, apaga a luz e fecha a porta. A menina tem muito medo dos monstros que vivem debaixo da cama e que esperam justamente por essa oportunidade para sair, ela se cobre até a cabeça, fecha os olhos, mas sabe que eles estão aí, flutuam pelo quarto e riem dela às gargalhadas. Sabem que em algum momento ela precisará descobrir a cabeça para respirar, sabem que é uma questão de tempo. Os monstros têm paciência infinita, nunca desistem. Ela tem três anos e sabe que está sozinha.

6.

Uma semana depois de fazer quatro anos nasce o irmão. Seu irmão é um bebê muito bonzinho, diz a mãe enquanto o ajeita no carrinho, quase não chora. Ela olha para o irmão embrulhado no carrinho e sente raiva de não estar em seu lugar, de precisar caminhar com as próprias pernas. E eu, como eu era?, a pergunta é, claro, uma armadilha. Você? Ah, você era terrível, chorava dia e noite, eu não sabia mais o que fazer com você, só a sua avó é que conseguia te acalmar, ela e a babá. Quem?, a menina olha espantada para a mãe, não se lembrava de ninguém. A moça que cuidava de você. E qual era o nome dela? Ah, não me lembro, era índia, não era ruim, mas no final tive que mandá-la embora. A menina se interessa cada vez mais, por quê? Ela não queria que soubessem que era só uma empregada, muito orgulhosa aquela índia, então quando levava você para passear dizia para todo mundo que você era filha dela. Há, pensou a menina, ela sabia! Começou a rir baixinho. A mãe a olha desconfiada. Do que você está rindo? Nada, ela responde, como nada?, a mãe insiste. De alguma coisa você está rindo, não, não estou rindo de nada, a mãe se enfurece, então vai rir noutro lugar que você vai acordar o seu irmão.

7.

Ela tem seis anos e considera que fala perfeitamente o português. Sua amiga morre de rir porque ela diz "sangre" em vez de "sangue", ou "mais grande" em vez de "maior", mas a menina não se deixa intimidar por isso. Aprendeu a falar português com Maria, e assistindo aos desenhos na TV. Seu desenho preferido é o da pantera cor-de-rosa, apesar da pantera cor-de-rosa preferir o silêncio. A pantera cor-de-rosa não precisa aprender outros idiomas. Na escola os professores só falam inglês e sua melhor amiga é italiana, não sabe muito bem em que idioma falam. O colégio inglês a desespera, não entende nada, e por algum motivo incompreensível seus pais acharam que seria uma boa ideia mandá-la para aquele outro idioma, a professora ensina às crianças uma canção para aprender o alfabeto, a menina canta sem entender o que diz. Dois anos mais tarde seus pais decidiriam trocar o colégio inglês pelo alemão.

8.

A menina aprendeu a ler em português. No recreio, como ninguém quer brincar com ela, você é estranha, dizem as outras crianças, ela se esconde na biblioteca. Não entende por que as outras crianças a acham estranha, mas não se atreve a perguntar. A menina gosta da biblioteca, ali é proibido falar, e pode ficar numa sala sem que ninguém lhe pergunte o que está fazendo ali ou por que não fez ou fez ou disse ou perguntou tal ou tal coisa, ou até quando ela vai continuar ali sem fazer nada. A bibliotecária se chama Rosângela e não faz perguntas. A menina lê sem nenhum critério, lê qualquer coisa. Nas últimas páginas de um caderno, anota os títulos dos livros que já leu. Organiza-os em prateleiras imaginárias, dá notas, classifica por temas, escreve pequenas resenhas, avaliações. E por alguns instantes as coisas parecem fazer sentido.

9.

A menina e o irmão estão sentados observando a mãe que termina de se arrumar para a festa. A mãe pinta os cílios com uma escovinha preta. A mãe tem os olhos verdes e uma cabeleira loira de leoa. Depois a menina descobre que as leoas não têm juba, mas naquele momento isso ainda não é uma questão. O vestido preto de lantejoulas tem um decote até o umbigo, os sapatos de salto altíssimo são feitos de pele de tigre. Seus sapatos são feitos de pele de tigre?, a menina pergunta. O que foi?, diz a mãe distraída. Eu perguntei se os seus sapatos são feitos com pele de tigre. A mãe não responde, ela está concentrada pintando a boca de vermelho. O irmão também a contempla muito impressionado. As visitas estão te esperando, ela diz. Que esperem, diz a mãe. A mãe gosta que as pessoas esperem por ela. A menina acha que a mãe é a mulher mais bonita do mundo, apesar de que é impossível que ela seja a sua mãe. Finalmente a mãe termina de se arrumar, põe perfume, o cheiro é forte e ela e o irmão começam a tossir. A mãe sai do banheiro e se dirige à sala onde estão a festa, os convidados e o pai que serve bebidas aos convidados. A menina e o irmão a seguem. Quando a mãe aparece na sala, ela levanta os braços e anuncia: Hello!, em inglês, apesar de ela não falar inglês. Os convidados se viram em sua direção e se escuta um ohhh! você está incrível! Maravilhosa! Belíssima! O pai sorri orgulhoso. A menina e o irmão se escondem debaixo da mesa.

10.

Ela tem nove anos e decide investigar se a sua mãe é realmente sua mãe. Pergunta para a mulher que diz ser sua mãe, como foi quando eu nasci? Você se lembra? Como eu não vou me lembrar, ela responde. Do que você se lembra? Bom, cheguei no hospital, a parteira me examinou e disse que ainda ia demorar um pouco para você nascer, e que voltasse algumas horas mais tarde. Então eu e o seu pai fomos jantar num restaurante ali perto, comer e beber alguma coisa. Beber? Sim, algumas taças de vinho. E o que você comeu? Eu pedi um bife grelhado. Lembro que encontramos, por acaso, uns amigos que perguntaram para quando era o bebê, eu respondi que era para dali a pouco, que do restaurante iríamos direto ao hospital. Eles não acreditaram, acharam que eu estava brincando. E por que eles não acreditaram? A mulher que diz ser sua mãe dá uma gargalhada. E o que aconteceu depois? Nada, depois fomos para o hospital e você nasceu. Ah, sim, a parteira me deu uma bronca porque eu havia comido, então eles tiveram que fazer uma lavagem estomacal. E como foi quando eu nasci? Como é que eu era? Você era um bebê como todos os bebês, ora. Mas não tinha nada que te chamasse a atenção? Ah, sim, o seu olhar, você me olhava com olhos muito profundos e parecia que você me exigia ou perguntava alguma coisa. E você tem certeza que era eu? A mulher que diz ser sua mãe ri, claro que tenho certeza, que pergunta. Eu me parecia com quem? A mulher que diz ser sua mãe fica impaciente, os bebês não se parecem com ninguém, são só bebês.

11.

O irmão gosta de dançar e tocar tambor. O irmão tem pesadelos à noite, mas, ao contrário da menina, ele não grita, fica grande parte da noite acordado com os olhos fixos nas sombras que se esgueiram pelo quarto. Ela não é capaz de estender-lhe a mão. Tem medo de que o monstro que vive debaixo da cama se aproveite da situação e a apanhe. Conversam antes de dormir. Ele é pequeno, magro e frágil. O irmão tem as mesmas dúvidas que ela, talvez não sejam os nossos pais, pensa, claro que não são, não podem ser, ela responde. Será que demora muito até virar adulto?, ele pensa. Muito. Tem que virar adolescente primeiro. O irmão não sabe se será capaz de esperar tanto tempo. Espera, ela diz, espera. Mas o irmão não espera, e vai embora ao fazer onze anos. Em seu lugar fica outra pessoa que diz ser seu irmão.

12.

Não é fácil ser o seu irmão. Teria sido mais fácil ser um boneco, ela pensa. Quando o irmão faz três anos a menina o leva para andar de bicicleta, como ele é pequeno tenta colocá-lo na cestinha. Mas ele não parece muito confortável ali, chora. Ela decide então colocá-lo atrás, vem, se segura aqui, ela diz maternal, enquanto coloca as mãozinhas logo abaixo do assento, e para que ele fique ainda mais seguro o amarra com uma fralda junto ao selim. Ela observa com satisfação o arranjo e sai pedalando. Algumas pessoas lançam olhares de espanto. Uma senhora corre atrás deles, a menina se assusta, corre ainda mais com a bicicleta, a senhora grita algo, mas a menina não escuta. O irmão parece estar se divertindo. Quando volta para casa a mãe pergunta, você brincou com o seu irmão? Ela responde que sim, que andaram de bicicleta, ah, muito bem, diz a mãe enquanto ajeita uns bobes no cabelo.

13.

Seu único amigo na escola se chama Lúcio. Lúcio é estranho, ela pensa, suas conversas são cheias de imagens que chegam feito ondas de um mar revolto. Bichos de várias cabeças, lagartixas falantes, energias invisíveis que escapam da geladeira. Conversas que acabam de repente, mudam, muitas vezes não fazem sentido. Lúcio gosta de dançar break dance nos momentos mais insólitos, quando a professora está explicando alguma coisa, ou quando estão no ônibus escolar. Mas nada disso incomoda a menina. Ao contrário, ela sente por ele um fascínio inexplicável. Lúcio sempre a cumprimenta como se fosse anunciar algo muito importante. Mas nunca faz o anúncio. Sua mãe tem a voz suave e distante. Lúcio é filho único, às vezes brincam que são irmãos, quer trocar de mãe comigo?, ela pergunta esperançosa, não, sua mãe usa colares de metal dourado, faz mal para a vista, mas eu posso te emprestar a minha. A menina concorda. Muitos anos mais tarde Lúcio será encontrado no poço do elevador, o corpo já em decomposição.

14.

Eu não gosto do meu nome, ela diz para a mãe. Como assim, não gosta do seu nome? É só o que me faltava. Mas por que você não gosta, é tão bonito. Eu não gosto. A menina fica séria. Está bem, e como você queria se chamar? Maria, ela responde. O quê? Maria. A mãe dá uma gargalhada. Que piada é essa? A menina a olha séria. De onde você tirou essa ideia ridícula? O que tem de ridículo se chamar Maria?, a menina nunca entende as reações da mãe. É ridículo pelo simples fato de você não se chamar assim. Mas esse nome que você me deu também não é meu. O que há com você, hein, enlouqueceu? A menina faz uma pausa, muda o argumento, mas as minhas bonecas se chamam Maria. Todas as suas bonecas se chamam Maria? Sim. Como é possível? Ué, o que é que tem? A mãe perde a paciência, ah, tenho mais o que fazer, vá perturbar outra pessoa com as suas bobagens.

CORDILHEIRA

1.

Ela tem as próprias ideias. Foi morar no exterior. Acha que assim conseguirá fugir do que lhe reserva o passado. Eu não disse nada, e seja como for, ela não me escutaria. Quanto a mim, ficarei onde sempre estive, atravessando a Cordilheira. Existem muitas formas de atravessar a Cordilheira. Penso que o melhor é caminhar. Sempre. Assim demoramos mais. Durante muito tempo ocupei o seu corpo, mas agora tenho outros planos. Ela está feliz de continuar sem mim, não percebe que sem mim não existiria. Vou deixá-la na sua ignorância. A Cordilheira não acaba nunca, então há muito a fazer, vou em direção ao sul, sempre ao sul. Levo o mínimo, uma bolsa de lã, um cantil, frutas secas e nozes. Calculo que serão necessários uns vinte anos para chegar, talvez um pouco mais.

Tanto faz.

A Cordilheira não se interessa por esses pequenos dramas. Eu falo com ela em voz baixa, canto para ela, conto sobre como é a vida em frente ao mar. Sim, eu me lembro, ela diz, houve uma vez, há incontáveis primaveras, nos encontramos, estivemos juntos numa festa, havia música, ela conta, tambores soavam como trovões, nós dançávamos, ela diz, dançávamos e dançávamos, o mar nunca se cansa. Se você olhar com atenção as minhas pedras mais profundas, você encontrará uma ou outra concha, alguns peixes. Peixes antiquíssimos, peixes sem olhos, mas que brilham ao anoitecer. Sim, às vezes eu os vejo, digo, em sonhos, mas logo desaparecem. Continuo caminhando. Piso sem querer em alguma coisa, observo com atenção, parece a mão de alguém, escura, ressecada. Olho ao redor, só então me dou conta de que há mortos por todo lado. Está cheio de mortos aqui, eu digo numa mistura de horror e agitação, sim, é verdade, cada vez mais. Este é um continente de mortos, diz a Cordilheira, seu tom é tranquilo, como se aquilo não lhe importasse. Guerras? Sim, muitas guerras, no início é possível escutar os gritos, depois os gritos vão silenciando, cada vez mais baixo, até que só resta um murmúrio, o corpo e no final... Com o tempo os corpos vão virando pedra, retornam a esta imensa elevação de terra que sou eu. E sempre tem gente que vem buscar seus mortos. Assim como você. Como eu? Não, eu não vim buscar ninguém. Não?, ela pergunta desconfiada. Então o que você está fazendo aqui? Caminho em direção ao sul. A Cordilheira não parece muito convencida, bom, faça como quiser, mas te aviso que ninguém consegue fugir dos próprios mortos. São a única coisa real que há em você. Eu não digo nada, não gosto daquele assunto.

Caminho um longo tempo em silêncio, até que ela diz: Canta pra mim aquela música? Que música, eu pergunto distraída. Aquela que você ouvia quando criança, gosto tanto dela. Eu penso por alguns instantes, alguma canção de ninar? Não, claro que não, me refiro àquela do massacre. Massacre, que massacre? Aquele de Iquique. A cantata de Santa Maria de Iquique? Sim, essa. Que estranho que você a conheça, você gosta? Sim, muito, me emociona. Eu fiquei em silêncio por alguns instantes, depois disse, a mim também, não consigo ouvi-la sem chorar. O homem que diz ser o meu pai costumava escutá-la. Eram momentos solenes, eu era muito pequena e não entendia nada, mas ficava sentada ao lado dele, quieta. Como se algo dele sofresse em mim. Meu irmão conta que foi escutando esse disco que, aos oito anos, compreendeu que o mundo é ruim. Sei o que ele sentiu. Era como se o massacre de Santa Maria ressoasse em nós.

O que é um disco?, pergunta a Cordilheira. É onde gravamos sons, depois podemos reproduzi-los numa vitrola. Bom, hoje há recursos mais modernos. Ah, que lindo. Você tem algum aí com você? Não, infelizmente não. Então canta pra mim? A cantata? Sim, por favor. Não sei se sou capaz. Por favor, pede a Cordilheira.

Enquanto caminho, eu começo a cantar:

Señoras y señores,
venimos a contar,
aquello que la historia
no quiere recordar.

Não, canta aquela outra parte. Que parte? Aquela que diz, *vamos mujer...* Ah, bom, está bem.

Vamos mujer, partamos a la ciudad.
Todo será distinto, no hay que dudar.

No hay que dudar, confía, ya vas a ver,
porque en Iquique todos van a entender...

Continua, ela diz. Eu respiro fundo, continuo.

Largo camino tienes que recorrer,
atravesando cerros, vamos mujer.
Vamos mujer, confía, que hay que llegar,
en la ciudad, podremos ver todo el mar.
Dicen que Iquique es grande como un salar,
que hay muchas casas lindas te gustarán.
Te gustarán, confía como que hay Dios,
allá en el puerto todo va a ser mejor.

Eu paro de cantar. Sigo em silêncio por alguns minutos, até que ela comenta, a sua voz treme quando você canta. Sim, não posso evitar. Comigo é a mesma coisa, quando eu me emociono, minha voz treme. Somos parecidas, ela diz. Você acha?, eu pergunto pouco convencida. Claro, afinal, você é a minha filha, é óbvio que seríamos parecidas. Eu não respondo. Finjo que o assunto acabou. Mas fico pensando, depois de algumas horas, pergunto, sério que você acha que eu sou a sua filha? Claro, todos são. Todos quem? Todos. Está bem. Para a Cordilheira todos são seus filhos, de que me serve ser filha de uma Cordilheira.

Está tarde, logo vai anoitecer. Procuro um lugar sem mortos, deito, me cubro com o meu casaco e adormeço. Sonho que estou no Rio de Janeiro, na casa dos meus pais, debaixo da cama há um monstro, uma fera. Meu irmão diz, cuidado, atrás de você, eu me viro e ali está o monstro, o monstro tem a pele azulada, o monstro não tem rosto, mas seus olhos saltados brilham, luto com ele, desfiro uma série de socos em sua cara sem rosto, no final ele morre ou vai embora. Meu irmão me observa assustado, e eu percebo que o monstro olha para ele através dos meus olhos. Tento falar, mas da minha boca saem apenas grunhidos e sons monstruosos, da minha boca é como se ventasse e esse vento carregasse tudo e todos, meu irmão começa a se desfazer. Acordo apavorada, tento me levantar, mas o sonho me puxa de volta. O cenário agora é outro, o homem que diz ser o meu pai dirige um carro por uma cidade deserta, com ele estão duas mulheres, uma delas é a mulher que diz ser minha mãe, ela está desacordada. A outra é uma mulher indígena e está morta. O homem que diz ser o meu pai para o carro e caminha pela rua arrastando as duas mulheres, uma em cada braço. Acordo gritando, ainda é noite, mas a luz da lua reflete na neve criando um clarão à minha volta. Bebo um pouco de água do cantil. Tento me acalmar. Não me atrevo a voltar a dormir. Talvez seja melhor vestir o casaco e continuar caminhando, penso. Mas, antes de fazer qualquer movimento, ouço um barulho.

Ouço uma voz que me chama. É ela. Às vezes ela faz isso, me chama, grita com força. Não é fácil ir ao seu encontro. É uma longa viagem. Mas eu vou, sempre vou. E volto a ocupar o seu corpo. Ela, ao sentir minha presença, desaparece. Ela não sabe por quê. Ela nunca sabe, vive imersa na ignorância. Estamos na ilha, penso no início, mas não, não parece a ilha, isto daqui é outro lugar, uma cidade, é um dia de inverno, chove, ela está debruçada sobre uma ponte, olha para baixo, o rio corre furioso das últimas chuvas. Tento abraçá-la, mas é um movimento impossível. Ao redor, as pessoas passam sem olhar para nós. Logo abaixo, na pequena escada que se estende junto ao leito do rio, uma mulher nos observa, a reconheço imediatamente, é a mulher do sonho, sua pele escura, o cabelo negro e longo. Não sei o que fazer, penso em ler um poema, mas pode ser pior. Não sei o que dizer. Até que finalmente digo, às vezes é preciso fugir para poder voltar. A mulher desaparece. Eu volto para a Cordilheira. O vento frio me fecha os olhos, parece uma tempestade de neve. Eu gosto de tempestades. Continuo caminhando. Em direção ao sul. Ela me chamará muitas vezes mais, um dia ela vai me chamar e teremos uma conversa num vagão do metrô. Sentarei ao seu lado. Ela dirá que sente que não existe, que nunca existiu, eu argumentarei que claro, claro que ela existe, ela me dirá que não tem nem ao menos um nome, e eu lhe direi que tem sim, mas que num outro idioma, ela me dirá que escuta vozes, me falará da ilha, que sonha com uma ilha, eu lhe direi que a ilha existe, sempre existiu, ela dirá que sente medo, eu ficarei em silêncio, para que o medo tome forma. Ela se encolherá junto à janela, eu a abraçarei com força. Ficaremos assim por longas horas. Depois, ela esquecerá a nossa conversa. Mas eu não. Eu nunca esqueço.

A neve se torna cada vez mais forte, não enxergo nada, mas consigo caminhar. É como se enfrentasse uma parede, a neve feito pedra. De repente a parede me agarra. Fico onde estou, protejo a cabeça com um braço. A tempestade parece cantar um canto surdo. Várias vozes, a neve está cheia de vozes. Fecho os olhos, fico muito tempo assim, talvez dez, quinze anos. Até que, finalmente, a tempestade se desfaz.

Ergo a cabeça, já não resta nada do caminho anterior. Olho para o céu, me desorientei e não há nada a fazer, continuo por onde me parece mais fácil. Não caminhei nem cinco minutos quando encontro alguém sentado em uma pedra, enrolado num cobertor. Logo o reconheço, é o meu irmão, o que você está fazendo aqui? Não imaginava encontrá-lo na Cordilheira. Não sei, ele diz, acho que me perdi. Faz muito frio aqui, eu não gosto do frio. É verdade, você também foi pego pela tempestade? Acho que sim, diz ele meio distraído. Ele olha ao redor, franze a sobrancelha, tem muitos mortos por aqui, eu não gosto de gente morta. Meu irmão se levanta e afasta com os pés um morto ao nosso lado. Pela expressão, vê-se que deve ter sido uma morte horrível. Não precisa ter medo, eles não fazem nada. Como você sabe?, pergunta com desconfiança. Estão congelados, não conseguem se mover. Vem, me dá a mão, eu digo. De onde saíram tantos mortos? As guerras, eu digo repetindo o que a Cordilheira me dissera, este é um continente de mortos. Vem, vamos. Para onde? Para o sul, eu digo.

Meu irmão caminha ao meu lado, eu lhe dou algumas nozes para comer. Você sempre gostou de nozes. A gente as jogava com força no chão para que elas se partissem, lembra? Ele sorri pela primeira vez. Deixo que ele coma, depois seguimos em silêncio. Depois de algumas horas caminhando, eu pergunto: por que você foi embora? Não sei, ele responde, um dia deitei para dormir e quando acordei estava aqui. No início me desesperei, gritei, mas depois sentei numa pedra e fiquei ali até que você apareceu. Sério? Sim, eu olhava ao redor e via só mortos e neve, há quanto tempo estou aqui?, pergunta meu irmão. Acho que uns trinta anos. Trinta anos? Não é possível. Ele não acredita em mim. O que vou fazer agora? Vem comigo. Para o sul? Sim, para o sul. É, pode ser...

Você acha que eu vou conseguir voltar? Não sei, você é um homem estranho. Em geral, você prefere não saber. É verdade. Talvez quando você estiver velho, antes de morrer, talvez nos últimos minutos antes de morrer, nesse claro-escuro da consciência, quando você voltar à infância. Infância, mas de que me serve a infância? Talvez você lembre do seu ursinho, aquele de que você tanto gostava. Lembra? Ele parece surpreso. Que bobagem, não aguento esse seu sentimentalismo, pretende me dizer, mas nesse mesmo instante percebe algo no bolso do casaco e tira dali um urso de pelúcia gasto pelo tempo, um dos braços descosturado. Ele se emociona, tenta disfarçar, a gente precisa costurar esse braço, eu digo, sim, é verdade. Vem, me dá aqui, vou costurar para você. Da minha bolsa tiro linha e agulha, costuro o braço da melhor forma possível, vai ficar uma cicatriz, digo. Não importa. Ele me observa com atenção, como se aquilo fosse uma cirurgia. Pronto, aqui está. Eu lhe entrego o urso, ele o abraça com carinho. Sente-se envergonhado, sentimentalismo, ele diria, mas o rosto se transforma, foi um presente do pai. Sim, eu me lembro, ele trouxe o urso de uma viagem. Você ainda acha que o pai não é nosso pai? Às vezes. Eu não me importo, diz meu irmão, é melhor ter um pai qualquer do que não ter nenhum. É, talvez, eu respondo distraída.

O que é que eu faço?, pergunta o meu irmão após um breve silêncio. Como, o que você faz? O que faço, como é a minha vida, no que eu trabalho? Ainda gosto de desenhar? Acho que sim, mas não sei, na verdade sei muito pouco de você, faz muito tempo que fui morar fora. Na ilha? Não. Você continua procurando? Sim, continuo, eu baixo a vista, como se a lembrança me intimidasse. E você mora fora do quê? Fora, ué, fora. Ele me olha irritado, está bem, e você gosta de morar fora? Ainda não sei, acho que sim. É muito longe? Sim, muito. Meu irmão fica um tempo pensativo, depois pergunta, eu tive filhos? Faço uma pequena pausa, depois digo, não, não que eu saiba. Que pena, sempre gostei de crianças. Eu sei. Mas você ainda pode tê-los, eu disse. Sim, pode ser... e você, você teve filhos? Ainda não, mas terei, uma filha. Ah, que bom, fico feliz por você, ela também está aqui? Não, ela pertence a outra cartografia, ah, melhor assim... meu irmão olha para o céu, como se buscasse algo. Para onde a gente vai? Para o sul. E o que tem lá? Não sei, ainda não sei, respondo. Caminhamos durante muitos dias, quase não falamos. Você não cansa de tanta neve?, ele pergunta. Não, eu gosto da neve e do frio. É bem bonito o seu casaco, todo preto com esses bordados, e parece quente, talvez por isso você não sinta frio. Quer que eu te empreste? Não, obrigado, é muito longo, arrasta no chão, me incomodaria ao caminhar. Logo chegaremos a um lago, anuncio, lá poderemos descansar. Meu irmão não diz nada, olha novamente para o céu, até que ele diz, estive pensando, acho que não vou seguir com você. Não? Não, o frio me faz mal, sinto muita falta do calor, do mar. Por algum motivo, a decisão dele não me surpreende, entendo, eu digo. Penso por alguns instantes no que fazer, logo me vem a ideia, bom, se continuarmos um pouco mais, logo passará um trem, vai em direção ao Pacífico, acho que você vai gostar do clima de lá. Que bom, então vou subir nesse trem. Meu irmão parece aliviado.

Continuamos em silêncio. Eu teria gostado que ele ficasse mais tempo comigo, pela primeira vez o sentia perto, nossa relação sempre tão estranha, como se fôssemos dois desconhecidos que se conhecem do berço, mas ali, caminhando, algo nos irmanava novamente. Vou sentir a sua falta, eu digo, ele dá um sorriso distraído. Me perdoa por ter te deixado sozinho. De repente uma sombra se interpõe em seu olhar. É verdade, você me deixou sozinho, eu passava pequenos bilhetes por debaixo da porta, lembra?, sim, lembro. Eu sinto tanto, digo. Você não queria brincar comigo, lembra?, sim, lembro, e se recusava a me dar a mão para atravessar a rua, lembra?, sim, lembro. Por que você fazia essas coisas?, eu não sei, respondo. É quando o meu irmão se aproxima e me dá um abraço, diz, como se quisesse me consolar, ao menos você veio agora. Eu me surpreendo, não me lembro se alguma vez na vida tínhamos nos abraçado. Eu ao menos nunca o abracei, nunca fiz nada por ele. Sinto uma tristeza profunda. Ele continua me abraçando, começa a chorar, eu o envolvo com força, como se pudesse protegê-lo, ele chora, anoitece e continua chorando, amanhece, chega a noite de novo, ele não para de chorar, é um choro muito antigo, meu irmão chora por três dias e três noites, é que estou muito só, diz finalmente, por tanto tempo, e é uma dor tão grande. Eu sei. Tenho medo, um medo tão grande. Eu sei. De onde vem nossa solidão? Não sei. O que fazemos com ela? Não sei, eu não sei.

Meu irmão ainda me abraça quando escutamos um ruído, um barulho que se aproxima, olha é o trem, eu digo, ele se vira, sim, tenho que ir, sim, corre, leva o seu urso, eu digo, sim, aqui está. Meu irmão pega o urso, guarda no bolso, corre em direção ao trem, sobe de um salto e desaparece rumo ao Pacífico.

Eu fico ali, parada onde estou, olhando o trem que se afasta. O céu se tinge de vermelho e amarelo.

— Você acha que nos veremos novamente?, pergunto para a Cordilheira.

— Aqui?

— Claro, aqui, onde mais seria?

— Não, acho que não.

2.

Já perdi a conta, mas calculo que faz uns dez anos que estou aqui, apesar de que para mim os números não significam muita coisa. A neve transforma o tempo em nada, uma única tempestade. Um dia que nunca termina. Às vezes ouço vozes. São os mortos, me diz a Cordilheira. Os mortos não falam, eu respondo. Claro que falam, o fato de você não escutá-los não significa que não falem. Está bem. Em todos estes anos aprendi que não se discute com uma Cordilheira, ainda mais uma com tantos vulcões. A Cordilheira é feita de vulcões, com bocas enormes que gritam para fora, vomitam o interior da terra. Seu estômago de fogo. Seja como for, talvez ela tenha razão, talvez os mortos falem mesmo, um barulho infernal. São muitos séculos, mais de quinhentos anos de mortos que se amontoam, e, mesmo que a maioria estivesse coberta de neve, não era incomum que aparecessem braços, pernas, às vezes um corpo inteiro, como estranhas flores num deserto.

Aqui os mortos não morrem nunca, ela me diz. Enquanto o corpo não acabar o morto não morre. Bom, tem mortos que acabam, mas mesmo assim não morrem, eu digo. É verdade, mas essa é uma espécie diferente de morto. E você acha que existem espécies diferentes? Claro, há mortos que não morrem nunca porque seus corpos se mantêm intactos, como as múmias, mortos do deserto, ou os mortos da neve, como estes aqui. Mas também existem os mortos que não morrem porque ninguém sabe que eles morreram, e aqueles que se sabe que morreram, mas nunca encontraram o corpo, e aqueles que morrem sozinhos. É muito triste morrer só, por isso eu lhes faço companhia. Por um instante me veio uma ideia assustadora, mas não me atrevi a perguntar. Ela logo percebe, me diz, não precisa se preocupar, você não está morta. Mas se eu não estou morta, então o que faço aqui? Bom, há quem seja capaz de caminhar entre os mortos e depois voltar ao mundo dos vivos. Estão sempre em trânsito. Pagam um preço alto por isso. É, talvez você tenha razão, eu digo. Claro que tenho razão, milhões de anos antes de você chegar a este mundo eu já existia. Sim, claro, eu digo.

Depois de muito tempo ela volta a me chamar, eu, como sempre, vou. Ela está chorando, sua avó acaba de morrer. Abraço-a. Ela não entende a morte, tento consolá--la. Ela continua chorando, não ouve o que digo, mas não importa, minhas palavras de nada serviriam, mesmo que ela as ouvisse. O que dói não é o presente, mas o futuro. Esse nunca mais que nos transpassa. Eu continuo falando, se encontrar a sua avó na Cordilheira, mandarei lembranças suas, mas acho pouco provável. De qualquer forma, você deve estar atenta para quando ela te chamar, vai tentar falar com você, assim como eu. Ela continua chorando sem ouvir nada, o quarto onde está se enche de lágrimas, você vai acabar molhando o meu casaco, digo, mas ela não responde. Me preocupa o meu casaco, preciso dele se quiser voltar, ela me ignora. Até que finalmente chega a avó, ela parece bastante bem para alguém que acaba de morrer, vem, minha filha, tira esse casaco, está todo molhado, vou secar para você. Mas como, eu pergunto, vou colocá-lo sobre a calefação, seca logo, logo. E não chore, ela me diz. Você vai para a Cordilheira?, pergunto, claro que não, eu vou para Valparaíso, o porto, foi por onde eu cheguei com meus pais quando criança. Sim, eu sei. Nasci no navio, como você, nascemos viajando. As coisas se repetem nas famílias. Você vai ficar em Valparaíso? Não, querida, de lá eu vou para a Espanha. Espanha?, mas o que você vai fazer lá? Vou visitar a minha família. Vó? Sim? Tem uma coisa que eu sempre quis te perguntar. O quê? Meus pais, eles são mesmo os meus pais? Minha avó dá uma gargalhada, claro que sim, que ideia. Tem certeza? Minha avó me olha com pena, que pergunta, minha querida, você não tem mais idade para essas bobagens. E agora tenho que ir. Espera, vó, não vai embora. Sinto, minha querida, estão me esperando.

Decido ir para Madri, acompanhar minha avó. Caminhamos pela Gran Via. Por que Madri, vó?, pergunto bastante surpresa de ela não ter preferido ir para Burgos, de onde vinha a sua família. Eu sempre quis conhecer Madri, ela disse, desde muito jovem. Meu pai era daqui. Pensei que ele era de Burgos. Não, minha mãe era de Burgos, mas meu pai era madrilenho, morava muito perto da Gran Via, olha, talvez você possa me ajudar a encontrar este endereço. A avó tira um papelzinho dobrado do bolso e me entrega. Eu abro, está escrito: Calle Barbieri 31, Madrid. Ali morou o meu pai antes de se casar. Você pode me ajudar a chegar até lá? Claro, mas você acha que vai encontrar alguém? Claro que sim. Prefiro não falar nada para a minha avó, mas o mais provável é que não encontre ninguém conhecido depois de tantos anos, quase um século, será uma sorte se o prédio ainda existir. Mas me abstenho de fazer qualquer comentário. Abro um mapa que levo no bolso do casaco, não é longe, olha, vó, se seguirmos por esta rua e depois virarmos à direita e continuarmos mais um pouco, chegaremos lá. Que bom, minha querida, vamos então. Eu lhe dou o braço e a minha avó caminha devagar se segurando em mim. O que você vai fazer quando terminar a sua caminhada pela Cordilheira?, me pergunta. Eu penso por alguns instantes, acho que vou voltar. Você vai voltar? Sim, acho que sim. Desistiu da ilha? Acho que sim. E como você vai fazer quando voltar? Ainda não sei. Bom, você dará um jeito, não é, querida? Sim, vó, darei um jeito. Há muita gente nas ruas, não imaginei que houvesse tanta gente, bondes, bicicletas, até cavalos, eu que tinha me acostumado à solidão da neve.

Falta muito?, pergunta minha avó. Não, já estamos chegando, olha, ali está o número 31. O número 31 da rua Barbieri é um prédio antigo de três andares, uma construção de fim de século, imagino. Toco a campainha. Pouco tempo depois, uma mulher abre a porta, pois não, o que desejam?, pergunta, a minha avó responde, meu nome é María del Carmen, vim ver o meu pai. A mulher olha para nós com certa desconfiança, um momento, diz, e fecha a porta em seguida. Será que é esta mesmo a casa?, eu pergunto, claro que sim, ele mesmo me deu o endereço. A mulher abre a porta mais uma vez, por favor, passem, el señor as está esperando. Minha avó sorri. Eu a ajudo a subir as escadas, e ao entrarmos na sala de estar um homem jovem nos espera. Muito bem-vestido, o cabelo impecavelmente penteado. Ao ver a minha avó seus olhos se enchem de lágrimas, filha, e corre para abraçá-la, filha, filha, filha, estava te esperando, quanto tempo, deixa eu olhar para você, que linda você está, minha menina, vem, senta aqui comigo. O pai da minha avó a pega no colo e a coloca sentada ao lado dele no sofá. E a sua amiga, quem é? É a minha neta, ela diz. Ah, que alegria te conhecer. Senta aqui com a gente, aproveitemos que é hora do chá. Layla, você poderia trazer café e croissants? Sim, já estou chegando, responde Layla da cozinha. Eu vou lá ajudá-la com o chá, digo a eles e vou até a cozinha, minha avó deve ter muito para conversar com seu pai.

Quando chego na cozinha, Layla está me esperando. O que você está fazendo aqui?, eu pergunto. Queria te ver. Mas este não é lugar para isso. E onde mais seria, na Cordilheira, no meio dos mortos? Não, claro que não. Mas por que você não me chamou? Mas como é que eu vou te chamar, por telefone? Ou você prefere que eu te escreva uma carta? Ai, Layla, não fala assim. E como você quer que eu fale? Layla está mais bonita do que nunca, o passar dos anos dera ao seu rosto certa leveza, como é possível, o olhar tornara-se mais suave, deixa eu te abraçar, Layla, por favor, eu peço, ela ri, mas se foi justamente para isso que eu vim. Eu a abraço com força, seu corpo, a memória do seu corpo, quero dizer-lhe algo, mas ela me beija, nos beijamos por longas horas. Deslizo as mãos pela sua cintura, os seus quadris, desaboto ansiosa a parte superior do vestido, abro o sutiã, acaricio as suas costas, a pele macia dos seus seios. Eu tinha esquecido como sentia a sua falta. Tenho que te contar uma coisa, ela se desvencilha, seu olhar torna-se sério de repente. Sim, conta, mas, antes que ela diga qualquer coisa, uma voz chama lá da sala, Layla, o chá, por favor. É o teu bisavô, ela diz, vai, leva o chá pra eles, aqui estão os croissants. Mas e você, você vai ficar aqui? O que você ia me contar? Pode deixar, eu te espero, diz ela enquanto ajeita a roupa, não some, eu digo, não, é claro que não vou sumir, aliás, quem costuma sumir é você, eu a beijo novamente, a aperto junto a mim, vai, ela diz, o chá vai esfriar. Eu saio da cozinha levando uma bandeja com um bule antigo, xícaras de chá e croissants com chocolate. Chego na sala, minha avó joga bola com seu pai, uma bola amarela com desenhos infantis, trouxe o lanche, anuncio. Obrigada, querida. Papai, esta é a minha neta, ela é muito boazinha, me ajudou a chegar até aqui. Muito obrigado, ele diz, faz anos que tentava reencontrar a minha filha, mas acabei perdendo-a naquele outro continente, aquele país, como se chama mesmo? Chile, eu digo, sim, isso, Chile, é que está tão longe que eu esqueço. Você bebe chá com ou sem açúcar?, ah, sem açúcar, mas na verdade eu tenho que voltar pra cozinha, acho que esqueci algo lá. Fica aqui com a gente, ao menos um pouco, meu bem, quero que você conheça o meu pai, ele foi um homem muito bom. Sim, vó, tenho certeza que sim, mas é que… querida, venha, sente-se com a gente. Sim, claro. E sento com eles para o chá. E o que você faz da vida, filha, me pergunta o pai da minha avó. Eu caminho pela Cordilheira dos Andes. Ah, você caminha? Sim. E caminha para onde? Para o sul, eu digo. E o que há no sul? Bom, eu ainda não sei. Ela está procurando uma ilha, diz a minha avó, e ela também gosta de escrever, escreve umas coisas que não mostra para ninguém. Ah, que interessante. Ele agora se vira para a minha avó, e você, filha, onde você esteve este tempo todo? Bordando, papai. Ah, você ainda gosta de bordar. Sim, estou bordando uma toalha de mesa, muito bonita, para quando a minha neta casar. Será o meu presente. Ela me olha com carinho, eu retribuo com um sorriso. Olha, aqui está, a minha avó mostra o bordado para o seu pai. É uma toalha de mesa de linho branco com pequenas flores, no meio, a frase: *É preciso ter um corpo para poder amar*. Vó? Sim? Por que você bordou essa frase? Que frase, meu bem? Essa frase, eu aponto para o tecido. Mas antes que a minha avó possa responder, ouve-se um barulho na cozinha, parece uma explosão. Layla, aconteceu alguma coisa?, pergunta o pai da minha avó. Não, nada, señor, diz a voz lá dentro. Eu levanto imediatamente, vou ver o que aconteceu.

Quando entro na cozinha encontro uma mulher varrendo um monte de pratos quebrados pelo chão. E a Layla, onde ela está? Como onde estou, eu estou aqui, señorita. Não, a Layla, a que estava aqui antes. Do que a señorita está falando, eu não saí daqui desde que vocês chegaram. Ela foi embora de novo, penso, saio correndo, gritando pela rua, Layla, Layla. Vejo-a dobrar a esquina, corro atrás dela, Layla. Ela olha para trás, me vê, mas continua correndo, eu a sigo, entramos num bairro que eu não conheço, as ruas estão vazias, escorrego, caio no chão, meu joelho sangra, Layla desaparece. Eu fico por uns instantes no chão, depois sento, tento limpar o sangue da ferida, de repente um barulho, passam várias caminhonetes abertas levando homens e mulheres carregando armas, pistolas, fuzis, e cantando *Bella Ciao*. Tenho a sensação de já ter visto aquela cena em algum lugar. Mas antes que eu possa investigar a memória, vejo Layla numa das caminhonetes, ela leva um fuzil, para onde você vai?, eu grito, lutar, ela grita lá de cima, temos que lutar, temos que continuar lutando sempre, ela responde, mas você não tem medo?, medo?, não temos tempo para ter medo, ela joga na minha direção um envelope amarelo e desaparece junto dos demais.

Eu pego o envelope caído no chão, está fechado. Na frente, a frase: "abrir somente em alto-mar". Típico dela, penso, fazer algo assim. Guardo o envelope na minha bolsa e continuo caminhando pelas ruas vazias. Não tenho a menor ideia de como voltar aonde minha avó e seu pai estão, não há ninguém a quem perguntar. A cidade está deserta.

3.

Tenho caminhado por dias e noites sem encontrar ninguém, por sorte estou acostumada, tive que atravessar um rio a nado. Coloquei minhas roupas e o envelope que me entregou Layla numa sacola de plástico. Ainda bem que era verão, o sol esquentava a pele, não é fácil atravessar um rio a nado, é necessário conhecê-lo, e esse rio eu nunca tinha visto, os rios podem ser traiçoeiros. Me agacho na margem e lhe peço passagem, falo em voz baixa para não incomodar os peixes. O rio não me responde. Na beirada deixo meu anel de prata como oferenda. Ele o leva embora. Considero que a oferenda foi aceita e inicio a travessia. O fundo é uma mistura de pedras e lama, mas logo o rio se torna mais fundo e eu sou obrigada a nadar, tento me concentrar ao máximo, o ritmo das braçadas e da minha respiração, preciso guardar energia para vencer a corrente que se forma em seu centro e tudo carrega, sei que não posso errar. Nado. Consigo enfim chegar à outra margem. Agradeço sua benevolência. Me despeço. Espero secar a água do corpo, me visto e continuo andando. Sigo por longos dias, já não sei quantos, talvez semanas, até que finalmente chego a uma praia. Não tenho a menor ideia de onde estou, terei chegado a Portugal? O mar é bem violento e não parece o Mediterrâneo, talvez eu esteja mesmo na costa atlântica, penso, mas bom, dizem que o Mediterrâneo também pode ser violento. A praia é larga e de areia muito branca, venta, o vento marítimo me faz bem, sento na areia para descansar um pouco. Não há ninguém na praia. Mas no mar sim, no mar é possível avistar uma caravela, e logo depois um pequeno barco se aproxima.

É um pequeno barco a remo, um homem rema com cuidado para que as ondas não o derrubem. Quando finalmente chega na areia, segura a pequena embarcação com uma corda, se aproxima e me diz, vamos, estão te esperando. Me esperando? Claro, quem mais seria? Trouxe a carta?, pergunta. Que carta? Como que carta, a que está no envelope amarelo. Eu coloco a mão sobre a bolsa, ah, sim, trouxe. Bom, pensei, alguma conexão deve ter tudo isto com Layla. Layla, foi ela que te mandou aqui? Claro. Quem mais seria? Agora vamos, não temos tempo a perder. Eu subo no barco, vamos em silêncio até chegar na caravela. Subimos por uma pequena escada suspensa. A bordo nos recebe o capitão, ou alguém que me parece o capitão, venha, me diz, descanse um pouco na sua cabine e depois conversaremos com tranquilidade. O homem que fora me buscar na praia me acompanha até a minha cabine, um cubículo com uma minúscula janela que mais lembra um basculante. Mas isto daqui é muito pequeno, digo. Pequeno? Mas isto é uma cabine de luxo, reservada apenas a convidados. Ah, bom, então muito obrigada. De qualquer maneira você pode se sentar na plataforma enquanto espera o capitão. Obrigada, eu digo. Depois que o homem vai embora, eu deito por alguns minutos no catre que ocupa quase todo o espaço. A caravela se move muito, me sinto enjoada. Decido aceitar a sugestão do homem e subo ao convés. Me sento numa espécie de baú. Um marinheiro se aproxima, leva uma garrafa de vinho, quer?, me pergunta, sim, claro. Bebemos em silêncio por alguns instantes. O vinho era horrível, mas me pareceu bom mesmo assim. Você sabe para onde estamos indo?, eu pergunto. Sei, e você, você sabe?, ele me devolve a pergunta com um sorriso. Não, não sei nada, respondi. Pois vamos descobrir a América, diz ele numa mistura de triunfo e ironia. A América? Pensei que já tinham descoberto. Não, ainda não, mas o faremos agora, quer dizer, muito em breve. Fico com pena, sabe, muitos morrerão. Eu também, digo, é um acontecimento terrível, você acha que podemos fazer algo? Não, não mais, a história tem o seu próprio desejo. Não acredito nisso, digo, temos que lutar, o desejo da história não existe, a história somos nós. O homem ri, não seja sentimental, a história não está nem aí pra gente, ela acontece à nossa revelia, aliás nós mesmos acontecemos à nossa revelia. Quantos morrerão?, pergunto. Milhões, ao menos, setenta milhões só nos primeiros quatrocentos anos, dizimados pelas armas, doenças, escravidão e, principalmente, pela fúria. Depois mais e mais mortos. Seremos um continente de mortos. E nós, seremos filhos desse continente, carregaremos em nosso corpo essa história de horror. Às vezes uma pessoa é suficiente para mudar a história, eu digo, sim, às vezes. Talvez seja possível mudar o futuro, eu insisto. O passado sim, mas o futuro não, ele diz. O futuro é uma linha que se estende lá de trás, alinhavada à passagem dos dias, ele chegará de uma forma ou de outra. Se quisermos ter alguma chance, precisamos mudar o passado, é o que estamos tentando fazer agora. O homem olha em direção ao horizonte, como se algo de repente o distraísse. Quem é você, eu pergunto. Caliban. Caliban? Não pode ser. E por que não pode ser? Você não se parece com ele. Caliban dá uma gargalhada, garota, eu não tenho que me parecer com Caliban para ser Caliban. Talvez ele tenha razão, penso, mas não digo nada. Quer mais vinho?, me pergunta. Sim, obrigada. Continuamos bebendo. Você trouxe a carta? Que carta? Como que carta? O envelope amarelo. Ah, sim, aqui está. Muito bem. Afinal é pra isso que você veio. Eu pretendo perguntar como ele sabe da carta, mas Caliban continua, olha para o céu como se fizesse um cálculo e diz, em exatos quarenta e sete minutos aparecerá um polvo colossal e tentará afundar a embarcação, isto é, afundará a embarcação. Quando isso acontecer, abra o envelope e leia o que diz a carta. Um polvo colossal? Mas os polvos colossais não existem, isso é uma superstição. De onde você tirou que eles não existem? Os cientistas, eles dizem. Não sei de que cientistas você está falando, você precisa se informar melhor, o polvo colossal é um resquício da megafauna, sobreviveu ao ser humano por viver nas profundezas do Atlântico. É tão grande como uma ilha. Mas isso não vem ao caso, lembra, quando o polvo aparecer você abre o envelope e lê a carta. Sim, pode deixar.

Então ficamos ali, bebendo aquele vinho horroroso, até que uma tempestade começa a se aproximar, nuvens escuras engolindo o céu, os raios ainda longe, até que, pouco tempo depois, aparece o polvo anunciado por Caliban, realmente, feito uma ilha que emergisse das profundezas do oceano. Ele chega fazendo barulho, criando ondas imensas, balançando a caravela com seus braços gigantescos. Os marinheiros correm de um lado para outro, vejo o capitão gritando e dando ordens, a embarcação parece um barquinho de papel no meio da tempestade. Caliban grita, a carta, não esqueça a carta, e desaparece tragado por uma onda. Eu corro até a cabine, cada vez mais enjoada. Tiro o envelope da bolsa. Para ler em alto-mar, diz ali. Poderia avisar também, para ler em alto-mar durante uma tempestade sob o ataque de um polvo colossal. Abro o envelope e tiro dali uma carta que começo a ler.

4.

Por que você demorou tanto para voltar?, me pergunta a Cordilheira. É que me aconteceram coisas muito estranhas. Que coisas? Coisas. Me conta. Eu não saberia por onde começar. Comece pelo começo, sugere a Cordilheira. Pois é, é justamente esse o problema, não sei mais se há um começo. Você parece confusa. Sim, acho que sim. Caminho e percebo que o corpo se desacostumou à neve, me sinto cansada. Sinto frio. Descansa, diz ela. Sim, mais tarde. Continuo.

Passam-se alguns dias. Me obrigo a caminhar, mesmo com dor no corpo. No terceiro ou quarto dia, acordo com um barulho que me pega de surpresa, no início penso que pode ser um avião, mas não, é o trem que vai em direção ao Pacífico. O barulho se torna cada vez mais alto até que o vejo aparecer no horizonte, a fumaça se destaca no céu azul, como uma pintura, a paisagem irreal. Ao se aproximar, o trem começa a diminuir a velocidade, cada vez mais lento até que se detém diante de mim. Ficamos ali parados por alguns minutos, o trem e eu. A porta se abre. Do trem descem meu pai e minha mãe. Parecem muito mais velhos do que na minha lembrança, os dois com o cabelo completamente branco, minha mãe caminha com a ajuda de uma bengala e se apoia no meu pai. Meu pai me cumprimenta, sua voz é a de um homem velho, muito velho. Estávamos te procurando, teu irmão falou que você estava aqui, diz ele. Venham, eu ajudo vocês, tento encontrar uma pedra onde eles possam sentar, desculpe não ter nada melhor para recebê-los. Não se preocupe, filha, diz a minha mãe, ficaremos pouco tempo, viemos só para nos despedir. Se despedir? Sim, estamos voltando para o Chile, vamos morar em Chillán, no terreno que o seu pai herdou. Construiremos uma pequena casa. E o apartamento no Rio? Perdemos, diz meu pai, perdemos tudo, dívidas, o que restou passamos adiante, tivemos que dar seus livros. Sua mãe queria ficar com a louça principal, mas não foi possível levar nada. Mas não ficou ninguém no Rio? Não. Fomos embora da mesma forma como chegamos, de repente. Eu olho para os meus pais com desconfiança, serão eles mesmos? Talvez aquilo não passe de uma alucinação provocada pelo cansaço, penso. Minha filha, a sua mãe quer te dizer algo. Sim, o que foi? A mulher que diz ser a minha mãe me lança um olhar triste, diz: sinto não ter sido a mãe que você queria ter tido. Eu olho para o trem, quase através dele, a paisagem. Não se preocupe com isso, eu também não fui a filha que você queria ter tido, digo, fizemos o que foi possível com o que o passado nos deu. Esse fluxo de palavras e silêncios, passagem de uma cadeia que se formou muito antes de nós. A mulher que diz ser minha mãe ficou olhando através de mim com os olhos vazios, e talvez meu rosto tivesse naquele momento uma expressão semelhante à dela. Temos que voltar para o trem, diz o meu pai, sua mãe pode pegar um resfriado. Sim, claro. Eu abraço esse homem e essa mulher. Pensarei em vocês muitas vezes, eu digo. Nós também, sentiremos a sua falta. Eles caminham lentamente em direção ao trem, o homem abraça a mulher, a ajuda a caminhar. Eles sobem no trem. Acenam com a mão. O trem apita. Vai embora. Por muito tempo ainda serei capaz de ouvi-lo. Fico onde estou. Sinto um cansaço enorme, como nunca tinha sentido. Mal consigo me mover. O corpo pesa como se uma força inexplicável o atraísse para o centro da Terra. Deito na neve. Fecho os olhos. Estou quase dormindo quando escuto a Cordilheira. Não durma, ela me diz. Eu não respondo. Ela insiste, não durma, você precisa estar atenta, agora mais do que nunca. Por quê?, eu pergunto. Você terá que trocar de corpo. O quê? Isso que eu estou te dizendo, você terá que trocar de corpo. Mas do que você está falando? Como é que eu vou trocar de corpo? Tento me sentar, mas logo percebo que não consigo me mover. É o que estou te dizendo, vai ter que trocar de corpo. Mas não se preocupe, seu corpo não deixará de ser o seu, apenas passará por uma metamorfose. Não se assuste, não fique nervosa, me diz. Mas como é que eu não vou ficar nervosa? De nada vai adiantar você se angustiar, fique calma, respire fundo e feche os olhos. Confie em mim. Eu tento me mover, mas não consigo, não me resta mais do que obedecer, penso, fecho os olhos, respiro fundo, pouco a pouco vou me acalmando, o frio congela os meus pensamentos. Talvez seja isto a morte, penso. O movimento que cessa. Mas logo acontece justamente o contrário, as pernas começam a tremer, os músculos da perna se contraem, aumentam e se contraem, cada vez mais, como se a minha pele se esticasse, por dentro e por fora, a mesma coisa nos braços, as mãos se fecham sozinhas, a coluna toma outra forma, sinto como se os órgãos se reordenassem por dentro, por fora crescem pelos, grossos e densos, o crescimento dos pelos me causa certo desconforto, uma coceira insuportável, mas deixo de sentir frio. Quando termina a metamorfose, me dou conta de que estou nos braços de uma mulher, a mesma que aparecera das outras vezes, a pele escura, os cabelos presos junto à nuca, usa um pesado colar de prata. Minha cabeça pousa sobre seu colo. Ela acaricia o meu pelo, fala comigo. Reconheço a sua voz, apesar de não saber quem ela é. Ela continua falando, percebo então que não são palavras, parecem palavras mas não são, é como se ela balbuciasse, os sons ressoam em todo o meu corpo:

aauuuuooommmwwwwouuuummmmmmmñññññññ
aaaaaauuuuuiiiiiimmmmuaaaaaahhhwwwwwooooouññ
ññññññmmmmmmmmmaaaaaañññññññuuuuaaammm
mmmmiiiiiiiaaaaaammmmmmmmñññññññuuuuuu
aaaaawwwwwwwwmmmmmmmññññññññuuuuuu
uuuaaaaamoooookkaaaaawwwwwwwwiiiiiiiiiinnnnnn
nnnuuaaaaoooooooonnnnnnuuuuuuuaaaaaaaaammm
mmaaaaaaaaaaawwwwwwwmmmmmuuuuuuuuuoooo
ooooaaaaaaaaaawwwwwwwwmmmmmmmñññññññ
ññaaaaaaaaaauuuuuuuuuuuuuuuuukkkkaaaaaaaaaaaa
wwwwwwwwmmmmmmmyyyyyyyyyyyyyaaaaaaaaaau
uuuuuuuuunññññwwwwwwwwmmmmmmmmñññññ
ññññññññuuuuuuuuuuaaaaaaaaaaaaaaammmmmmmm
mmmmmmmmeeeeeeeeeeiiiiiiikkkkkaaaaaawwwwwww
wwiiiiiiiiiimmmmmmmmgggggggguuuuuuuuuuuaaaaa
auuuuuuuuuuuummmmmmmmmñññññññññaaaaaaa
auuuuuuummmmmmgggggggguuuuuuuuuuuuum
mmmmaaaaaaaaaauuuuuuuummmmmmmmñññññññ
eeeeeeeeeioooooooooouuuuuummmmmmmñññññ

ñññññiiiiiiiiuuuuuummmmmmmmmmmmmmmmmmuuu
uiiiiiiiiiiiikkkkkkwwwwwwwwwwaaaaaaaaaiiiiiiiiiiiiiñññññ
ññaaaaaaaaawwwwwwwwmmmmmmmmmmmaaauuu
uooommmwwwwouuuummmmmmmñññññññaaaaaauuu
uuiiiiiimmmmuaaaaaahhhwwwwwooooouñññññññmm
mmmmmmmaaaaaañññññññuuuuaaammmmmmmiiiiiiii
aaaaaammmmmmmmmñññññññññuuuuuuaaaaawwwww
wwwwmmmmmmmmñññññññññuuuuuuuuaaaaamooo
ookkaaaaawwwwwwwwwiiiiiiiiiiinnnnnnnnnnuuaaaaaooo
ooooonnnnnnuuuuuuuaaaaaaaaammmmmaaaaaaaaaaaw
wwwwwwmmmmmuuuuuuuuuoooooooooaaaaaaaaaaww
wwwwwwmmmmmmmñññññññññaaaaaaaaaauuuuuuu
uuuuuuuuuuukkkkkaaaaaaaaaaaaaawwwwwwwmmmm
mmmyyyyyyyyyyyyyyaaaaaaaaaauuuuuuuuuuuñññññwww
wwwwmmmmmmmmñññññññññññññuuuuuuuuuuu
aaaaaaaaaaaaaammmmmmmmmmmmmmmmmeeeeeeeee
eiiiiiiikkkkkaaaaaawwwwwwwwwiiiiiiiiiimmmmmmmm

Sinto o meu corpo ainda mais pesado. Fecho os olhos
por um momento, durmo talvez, não sei, quando os abro
novamente ela não está. Levanto, olho ao redor, foi embora, penso. O corpo continua pesado, mas forte, mais forte e
flexível. Me dou conta de que a minha visão mudou, vejo
melhor, mais longe, com mais detalhes, as cores parecem
mais intensas, e o olfato também, sinto todo tipo de cheiro,
a neve tem cheiro, nunca imaginei. Dou um salto.

Agora sim, você poderá seguir viagem, me diz a Cordilheira.

5.

Ela chama por mim. Grita. Estou indo, eu digo, estou indo. Ela está sonhando, logo percebo, é um pesadelo. Eu vou te acompanhar no seu pesadelo, digo. Ela me olha espantada, não é possível, diz, sei que se refere à minha metamorfose, não se preocupe, digo, é um sonho e nos sonhos a gente pode aparecer de várias formas. Não tenho vontade de dar muitas explicações. Ela me observa desconfiada, não está muito convencida de que sou eu, sim, sou eu mesma, tento tranquilizá-la. Como posso ter certeza? Você não pode, tem que confiar. Ela se aproxima com cuidado, acaricia muito de leve o meu pelo, eu permito, apesar do instinto estranho que se apodera de mim, poderia devorá-la ao menor toque, mas não faço nada. Caminhamos lado a lado pelas ruas do centro do Rio de Janeiro, isto é, não é o Rio de Janeiro, mas um Rio pós-guerra, uma longa guerra. As ruas sem asfalto, os edifícios abandonados, destruídos por bombas ou incêndios, há fogo por toda parte, gente vivendo nas calçadas, gente desesperada vagando pelas ruas, pedindo comida, água, gente pedindo água pelas ruas, e muitos mortos, o cheiro é insuportável, e gente passando por cima dos mortos como se fossem pedras ou um pedaço de papel. Animais soltos. Fugidos de um zoológico que não existe mais. O que aconteceu?, pergunto. Vinte anos, vinte anos dura esta guerra, já não resta nada nem ninguém. Ela começa a chorar. Não fica assim, digo, vem, vamos juntas, vamos procurar um lugar seguro. Sim, ela diz, a casa dos meus pais, eles devem estar lá.

Caminhamos em meio aos escombros do que um dia foram bairros nobres, quase não restam carros, algumas pessoas tentam passar de bicicleta, outras em carros de boi, mas a maioria vai a pé, como nós. Aonde vai toda essa gente, pergunto. Não sei. Ela não sabe, ou melhor, não quer saber, melhor eu não falar nada, penso. Caminhamos faz algumas horas quando ela vê alguém, é meu irmão, claro, como se eu não soubesse. Meu irmão é um dos que passa de bicicleta, quando a vê se aproxima, ele a abraça. Olha pra mim, pergunta espantado, credo, o que faz esse animal ao seu lado? Não é um animal. Mas como não é um animal? Bom, é um animal, mas você não precisa ter medo, ele não faz nada. O que você está fazendo aqui, você não estava no exterior? Estava, mas decidi voltar, e agora estou aqui. Estou indo para a casa do pai, quer dizer, estamos indo. Você está indo pra lá com esse animal? Vai devorar a todos. Não, já te disse que ele não faz nada, só me acompanha. Bom, você é que sabe, eu tenho que comprar munição, está cada vez mais difícil conseguir, as forças do ERA estão fechando cada vez mais o cerco, mas resistiremos, te acompanho até o túnel. Vamos. Eles conversam, eu me mantenho em silêncio, de tempos em tempos ele me olha com desconfiança.

O que aconteceu aqui?, ela pergunta, a cidade se transformou numa praça de guerra. Pois é, por isso mesmo, isto é a guerra, diz ele, vinte anos lutando contra o fascismo que tudo engole, tudo destrói. Mas por que você não vai embora?, pergunto. Ele me olha indignado, não, nós nascemos da noite, nela vivemos, morreremos nela. Ficaremos até o final. Mas quando será o final? O final será quando terminar. Quando terminar o quê? A guerra? Não, tudo. É preciso acabar com tudo, o sistema, é preciso implodir o sistema por dentro, não apenas derrotar o ERA, e, principalmente, precisamos encontrar a passagem secreta. Passagem secreta? Sim, para a cidade anterior, é a cidade subterrânea que corre por debaixo de nós, muito antiga, resiste desde sempre, com sua noite e luzes fosforescentes, eu e uns amigos estamos trabalhando nisso, já temos algumas coordenadas, estou há uma semana sem dormir, mas vamos conseguir. Para todos a luz, para todos tudo. Ela me olha enquanto o meu irmão faz o seu discurso, sei o que ela pensa, ela tem medo, medo de que aconteça algo com ele, porque ela sabe que o irmão está fantasiado de ele mesmo, sempre esteve, e é muito provável que tudo isso termine tragicamente, e não há nada que ela possa fazer. Seu irmão está feliz, ela sabe, se é que esse estranho estado de guerra pode ser chamado de felicidade.

Você tem visto o pai?, pergunto. Não, faz tempo que não consigo falar com ele, cortaram as comunicações, eletricidade, tudo. Vem, vamos por aqui, diz meu irmão, implodiram o túnel, vocês terão que ir pela praia, mas depois das rochas o caminho é relativamente fácil. Tenho que ir agora, mas se continuarem pela costa acho que em cinco, no máximo seis, horas vocês chegam. Ela abraça o irmão, depois ele sobe na sua bicicleta, ela o acompanha com o olhar até que desaparece. Nós duas seguimos pela costa, da antiga avenida não resta quase nada, apenas alguns trechos onde ainda é possível ver o asfalto, a maior parte havia sido arrancada pelas ondas, caminhamos pelas rochas que é mais seguro. Não tenho a menor ideia se ainda sei nadar depois da metamorfose. Saberei quando chegar o momento. Após algumas horas chegamos finalmente na praia, por ali podemos continuar sem dificuldade até a casa dos seus pais.

À medida que vamos nos aproximando, me dou conta de algo estranho, o bairro está abandonado, ou, mais estranho ainda, parece um cenário, como se não fosse de verdade. O bairro onde estamos parece uma espécie de simulacro. Olho para ela, mas ela parece não ter percebido nada. Às vezes passa um ou outro carro, mas são de papel, carros de papel. Decido não lhe dizer nada para não assustá-la. Chegamos ao prédio, as palmeiras diante do edifício são de papel, entramos, na portaria em vez do porteiro há um boneco de pano que nos saúda com voz metálica. Subimos pelo elevador. Eu me olho no espelho junto a ela, é a primeira vez que me vejo depois da metamorfose, me assusto, meus olhos, meu corpo, é impressionante, como pode ter acontecido? A porta do elevador se abre, ela abre a porta da casa dos seus pais, encontramos apenas um apartamento vazio. O apartamento também parece um cenário, um plano unidimensional visto sob diferentes perspectivas. Ela se apavora, olha pra mim, isto não está acontecendo de verdade, está? Já aconteceu, eu digo, é um sonho muito antigo. Ela dá um grito e acorda.

6.

Ela acorda gritando e eu no mesmo instante me vejo de volta à Cordilheira. Volto a caminhar na neve. Não sei se caminhar é o verbo mais apropriado, dou alguns passos, salto, mais outros passos, é um corpo tão diferente. Corro. É isso, corro numa velocidade impensável. Mais ao sul, mais ao sul, sempre mais ao sul. Chegarei rápido se continuar assim. A neve começa a derreter, em algumas partes já é possível ver algo de vegetação, aparecem árvores, plantas, o cheiro muda completamente, um cheiro de verde, de gotas de água. Vejo ao longe um lago, decido ir até lá, me aproximo, tenho sede, bebo água, a água tem gosto estranho de minerais, descanso na beira do lago. Olho ao redor, a paisagem nevada no topo de um vulcão, o sol, sinto o sol no meu corpo, relaxo, pela primeira vez estou feliz. É uma felicidade que eu não sei de onde vem. Não tem razão de ser, não é um pensamento ou algo que eu tenha conseguido. Não é nem sequer um desejo. É uma felicidade sem desejo. Descanso.

Durmo, mas não é um descanso normal, não é um apagar de luzes, como se fechasse as cortinas, a penumbra. Por isso o despertar já não é um susto, acordo. Alguém se aproxima, está longe ainda mas eu a vejo, sinto o seu cheiro, a reconheço imediatamente, é Layla. Ela me olha com curiosidade, é você mesma? Sim, sou eu. Layla dá um sorriso, que interessante, sempre achei que isso aconteceria mais cedo ou mais tarde. Você está falando da metamorfose? Sim, claro. Você está linda, posso chegar mais perto? Pode, claro. Layla faz um carinho na minha cabeça, entre as orelhas, eu fecho os olhos num movimento automático. Ficamos as duas ali na beira do lago. Achei que ia te encontrar no meio da neve. É que chegou o verão, e, aqui no sul, a paisagem muda bastante. Eu vim te buscar, ela diz. Como você me encontrou? Segui as suas pegadas, não foi difícil. Ela se levanta, vai até a beira da água, tira os sapatos, molha os pés, que lindo este lugar. Layla tira a roupa e entra no lago, nada dando braçadas, cada vez mais longe. Faz sinal para que eu entre na água também. Eu ainda não sei se sou capaz de nadar com este corpo. Olho com atenção para ela que se move lá longe, decido ficar onde estou, Layla é um ponto que flutua com destreza pela água, até que finalmente retorna. Ela se seca ao sol, olho para o seu corpo, seus seios, os pelos escuros recobrindo o sexo. Depois, estende uma canga colorida sobre a areia vulcânica e se senta ao meu lado. Desliza os dedos pelo meu dorso. Posso te beijar? Eu levo um susto, não, melhor não. Mas por quê? Layla se afasta, me olha como se me examinasse. Não sei, não conheço este corpo, não sei o que poderia acontecer. Mas o que poderia acontecer? Não sei, é perigoso, eu poderia te morder, sei lá, melhor não correr o risco. Você acha que você poderia me devorar se eu te beijar? Não sei, Layla, não sei.

Ficamos em silêncio por um longo tempo. Eu penso nas caçadas que faço quando cai a noite, animais, tenho matado animais, comido. Sinto vergonha, não quero que Layla saiba disso. No início lutei contra o meu desejo, a fome, uma fome insuportável, tentei comer plantas, mas me doeu o estômago sem nunca aplacar as entranhas, até que sucumbi. A embriaguez que o sangue dá, e, a cada caçada, o medo de me perder de mim. Mas não quero pensar nisso agora. Quero que você venha comigo, diz ela. Já foram viagens e caminhadas suficientes, não acha? Não posso. Mas por que você não pode? Não quero ir desse jeito, assim como estou. Mas qual é o problema, não me importo. Eu sei, Layla, você não se importa, mas eu sim, e ainda não terminei o que vim fazer. Mas se você já chegou no sul. É verdade, mas ainda falta. Mas o que é que falta, não vai me dizer que ainda é essa história da ilha? Não sei. Talvez.

Layla se levanta, ajeita o cabelo, veste a roupa. Está bem, vou embora. Tenho vontade de abraçá-la, mas não me atrevo. Tenho medo de perdê-la novamente, quantas vezes já não a perdi, já não nos perdemos uma da outra. Me dá uma semana, eu peço, em uma semana te encontro no parque junto à nossa árvore. Por favor. Está bem, ela sorri, tentando parecer séria, uma semana. Uma semana. E Layla foi se afastando, caminhando para trás, mas sem deixar de me olhar, repetindo, uma semana, uma semana... e desapareceu.

7.

Depois que Layla vai embora eu volto a caminhar. Talvez ela tenha razão e eu ainda esteja procurando a ilha. Caminho por noites seguidas e durmo de dia. De tempos em tempos saio para caçar. Numa dessas incursões percebo que há alguém atrás de mim, alguém se aproxima, me viro de um salto. Vejo uma sombra que se move rapidamente. Corro atrás dela, meus pelos se arrepiam, meu corpo se tensiona, estou pronta para o ataque. Tento saltar, mas algo me detém, uma espécie de força magnética. Luto para me soltar, sinto medo, que ser será esse? Porém, logo a sombra se dissolve e ela se deixa ver, reconheço-a, a mulher da metamorfose. Ela me chama com um gesto, eu vou até ela, me sento ao seu lado. Logo em seguida ouço um estalido, parece uma explosão, a terra começa a se mover, mas não somente a terra, toda a paisagem se move, como se estivesse se desintegrando. Ela não diz nada, tampouco me movo. A paisagem se desfaz, tudo se desfaz, até que não resta nada, apenas a escuridão mais completa, ela e eu. Ficamos assim, por muito, muito tempo, eu não penso nem sinto nada, apenas estou ali. Talvez tenham sido alguns minutos, talvez anos, séculos, não sei. Até que ela abre a boca como se fosse cantar ou dizer alguma coisa, mas em vez de palavras saem bolas de fogo que se espalham por todo lado, transformando-se em estrelas, ou ao menos parecem estrelas, cometas, meteoros, o céu é algo brilhante em constante movimento, o céu é música, ouço sua melodia, sinto-a dentro de mim, feito um mantra, depois mais fogo, que vai se transformando em solo, pedras, montanhas, paisagens, vejo água e fogo, uma luta que tudo come, as coisas nascem e morrem sem parar. Até que tudo desaparece e volta a escuridão.

Eu que estive imóvel todo esse tempo agora começo a sentir o corpo, meu corpo sofre uma série de transformações, até que deixa de existir. Já não existe o meu corpo. Não há nada. Em seu lugar resta apenas som.

aaauuuuooommmwwwwouuuummmmmmñññññññ
ñaaaaaauuuuuiiiiiiimmmmuaaaaaahhhwwwwwooooouñ
ñññññññmmmmmmmmmaaaaaañññññññññuuuuaaamm
mmmmmiiiiiiiiaaaaaammmmmmmmmmñññññññññuuuuu
uaaaaawwwwwwwwwmmmmmmmmñññññññññuuuu
uuuuaaaaamooooookkaaaawwwwwwwwwwiiiiiiiiiiinnnnn
nnnnuuaaaaaoooooooonnnnnnuuuuuuuaaaaaaaaammm
mmaaaaaaaaaaaawwwwwwwmmmmmuuuuuuuuuuooooo
ooooaaaaaaaaaawwwwwwwwwmmmmmmmmñññññññ
ñññaaaaaaaaaauuuuuuuuuuuuuuuuukkkkkaaaaaaaaaaaaa
wwwwwwwwmmmmmmmyyyyyyyyyyyyyyaaaaaaaaaau
uuuuuuuuuñññññwwwwwwwwmmmmmmmmmñññññ
ñññññññññuuuuuuuuuuuaaaaaaaaaaaaaaammmmmmmm
mmmmmmmmeeeeeeeeeeiiiiiiikkkkkaaaaaawwwwwww
wwiiiiiiiiiiimmmmmmmmgggggggguuuuuuuuuuuuaaaaaa

auuuuuuuuuuuummmmmmmmmmñññññññññññaaaaaaa
uuuuuuummmmmmmggggggggguuuuuuuuuuuuuummm
mmmaaaaaaaaaaauuuuuuuummmmmmmmñññññññññeeee
eeeeeeiooooooooooouuuuuuummmmmmmmmñññññññññ
ñiiiiiiiiuuuuuummmmmmmmmmmmmmmmmmuuuuiiiiii
iiiiiikkkkkkwwwwwwwwwwaaaaaaaaaiiiiiiiiiiiiiñññññññññaa
aaaaaawwwwwwwwwwmmmmmmmmmmaaauuuuooo
mmmñññññññññññuuuuuuuuaaaaamooooookkaaaaa
wwwwwwwwwiiiiiiiiiiinnnnnnnnnnuuaaaaaooooooo
onnnnnnuuuuuuuaaaaaaaaammmmmaaaaaaaaaaa
wwwwwwwmmmmm

8.

Uma bruma separa o nada da existência. Não é um momento único, como eu imaginava, uma linha divisória, não existo e logo existo. Não é assim. Passar de um estado a outro é como um lento despertar, vagas impressões que logo se desfazem, e a mente que tenta insistente acessar o inacessível. Assim deve ser a morte, imagino. Minha forma, mais uma vez, mudou, agora sou uma célula num útero sem ventre, um órgão que flutua no espaço, sou um amontoado de células que se reproduzem, o ritmo frenético, até que o amontoado de células começa a formar órgãos, até que o amontoado de células forma um pequeníssimo coração, sou um amontoado de células com um pequeníssimo coração que pulsa, ainda sem pensamentos, mas logo os órgãos terminam de se formar, agora tenho uma pele que cobre o meu corpo, ainda não abro os olhos, mas começo a despertar, um sono que é meu, mas é de todos, um sono comum do universo, ouço o meu coração e o sangue que circula pelas minhas veias, meus olhos ainda fechados distinguem matizes de luz e quando isso acontece é como se amanhecesse. Abro os olhos pela primeira vez. Existo embora nunca tenha deixado de existir, isso que nos separa, sou essa consciência, mas também algo que me atravessa e segue mais além de mim, o vento que corre entre as árvores. Sou e não sou. E nesse intervalo, abro caminho.

Saio desse útero como se abrisse uma cortina, e me deparo com a mulher ao meu lado, ela me lança um olhar satisfeito e diz, ou parece dizer, agora que você recuperou a sua verdadeira forma, pode ir. Eu me levanto e logo percebo que voltei ao meu corpo anterior, que não é exatamente o mesmo, há em mim músculos que antes eu não tinha, também na pele algo da metamorfose permanece, o olfato, certa energia, mas não é somente o que permanece, há algo que se perdeu, mesmo que eu ainda não saiba o que é. Sinto uma estranha melancolia.

9.

Cai a noite sobre a Cordilheira. Volto a caminhar, caminharei durante toda a noite, o céu está despejado e as estrelas parecem brilhar à altura da mão. O céu austral. Vim me despedir, digo. Já vai?, pergunta a Cordilheira. Sim. Entendo, chegou a sua hora de voltar, aconteceria mais cedo ou mais tarde. Sim. Bom, boa sorte, sentirei sua falta. Tchau, digo. Você sabe que caminho devo seguir? Não. Mas você saberá quando ele aparecer. Vejo que voltou ao corpo anterior, sim, ainda não me acostumei. Continuo caminhando, a Cordilheira silencia, caminho só. Caminho pela longa noite estrelada. Ao amanhecer, lá longe, vejo um portão e um pássaro que descansa sobre ele.

10.

Quando finalmente amanhece, olho ao redor, a Cordilheira desapareceu. No início não sei muito bem onde estou, mas logo me lembro, sim, claro, é a minha casa. Como posso ter esquecido? Vou até a cozinha, pego um copo d'água, que bebo e deixo sobre a pia. Caminho pelo corredor até o quarto, ali está ela, sentada, escrevendo seu romance de ficção científica, fungos extraterrestres invadem o planeta. Talvez não termine. É uma bobagem de qualquer forma. Não importa, nada importa. Desligo o computador, coloco um vestido, um chapéu e saio para o parque, o dia está lindo, o céu azul. Sinto o sol no rosto. Lembro da frase que a minha avó escrevera na toalha de crochê, *é preciso ter um corpo para poder amar*. Tenho um corpo, penso, talvez pela primeira vez. Caminho. Ao longe vejo uma mulher que me acena. É Layla. Vou ao seu encontro. Ela sorri.

O DIÁRIO CARIOCA

2 DE JUNHO

Há muitas formas de se perder um país. Nem sempre pela distância. Ao contrário, é necessário estar perto, muito perto, para perdê-lo, o luto das coisas definitivas. Porque voltar é sempre mais difícil do que ir embora. O retorno exige uma adaptação profunda, impiedosa e definitiva. Porque ao ir carregamos conosco a possibilidade da volta, mesmo que em sonho, mesmo que num futuro distante, mesmo que apenas desejo em gravações antigas, musicalidade da fala, essa utopia que nos salva, feito flecha que dispara e nos livra do presente. Nos impulsiona. Já retornar é um salto sem rede. Se falhar, não há segunda chance. Corpo estendido no chão da realidade. Depois de voltar não há mais para onde voltar. Há muitas formas de se perder um país.

15 DE SETEMBRO

Acordo todos os dias pouco antes da alvorada. Me obrigo a essa disciplina, como se o corpo pudesse me salvar. Caminho a passos rápidos pela praia de Copacabana, todos os dias às seis da manhã. As primeiras luzes. Olho ao redor com inesperado estranhamento, e sinto saudades da praia de Copacabana mesmo estando lá. Como se algo me impedisse de concretizar o presente. Caminho falando sozinha, vou até o Leme e volto. A areia ainda úmida da madrugada. Sempre gostei desse monólogo interior, as pessoas me olham com irritação ou fingem não me ver. Sou e não sou eu. Me divido na que foi e na que ficou, ambas irrecuperáveis. E vou me adaptando àquela vida outra.

16 DE SETEMBRO

Tenho tido sonhos estranhos. Sonho que, por baixo do oceano, outra cidade se ergue, igual a esta, sob uma abóbada de vidro, eu caminho entre algas e cristais, peixes cintilantes velam os corpos de centenas de afogados. Nos rostos deformados, vejo olhos que tentam me dizer alguma coisa.

2 DE FEVEREIRO

Vou para a análise uma vez por semana. O consultório fica num bairro que brotou do nada nos anos oitenta. Condomínios de luxo, shopping centers, superacademias de ginástica, gigantescos cinemas multiplex. Estranhos superlativos. Condomínios fechados separam aqueles que existem dos que não deveriam existir. Ruas sem calçadas separam aqueles que têm carro dos que não deveriam existir. Uma vez por semana eu pego dois ônibus cheios até chegar no consultório, trajeto que leva em média uma hora e meia. No sinal, atravesso as cinco vias da imensa avenida, o que me exige, com sorte, uns vinte minutos devido aos vários sinais todos dessincronizados. Depois para voltar, mais dois ônibus e mais uma hora e meia. No consultório costumo esperar de vinte minutos a uma hora. A analista privilegia sessões sem tempo definido, segue o chamado tempo do inconsciente. Às vezes o tempo do inconsciente dura vinte minutos. Ficamos por aqui, ela diz, até a próxima semana. O consultório tem móveis clássicos de madeira e fotografias de Freud e Lacan nas paredes. Nos primeiros anos a sessão acontece numa poltrona. Encostado na parede está o divã. Quando vou poder deitar no divã?, eu pergunto quase todas as vezes, ela responde, ainda falta, ainda falta. Eu repito para mim mesma, ainda falta.

28 DE FEVEREIRO

Caminho pelo centro do Rio numa manhã de sábado. Sebos e livrarias. Sento num café. O centro tem seu próprio ritmo. Uma vida que pulsa alheia ao calendário. Eu nunca tive interesse pelos bairros nobres da Zona Sul, Leblon, Ipanema, Gávea. O que me seduzia eram esses outros lugares, o centro, o porto, a Lapa, Copacabana. Bairros que de alguma forma mantinham vivo um espírito antigo, uma possibilidade. Caminho até o CCBB, por trás do CCBB, junto à Casa França-Brasil inicia-se uma pequena cidade dentro da cidade, ruas estreitas, uma pequena igreja, restaurantes e bares se estendem até a praça xv. A praça xv, esse início do fim. Às vezes pego a barca Rio-Niterói, só pelo prazer do percurso, a baía da Guanabara. Ali, entre o Pão de Açúcar e a Fortaleza de Santa Cruz, está o portal da cidade, por onde entraram os portugueses. Dizem que um portal é a linha que permite a junção de vários tempos e espaços, e que ali, nesse ponto para o qual tudo converge, seria possível o trânsito entre passado e futuro, sonho e vigília, vida e morte.

2 DE MARÇO

Na sala de espera para a análise, leio numa revista uma matéria sobre as baleias. A matéria diz que até o século xix a baía da Guanabara era um berçário de baleias, elas vinham contornando a costa até chegar ali, um lugar seguro, atravessavam o portal. Um pesquisador afirma que, segundo os relatos que ficaram dessa época, a caça às baleias tingiu as águas de sangue e que o cheiro do óleo que saía de seus corpos empesteava toda a cidade. Depois as baleias acabaram.

20 DE ABRIL

Estou escrevendo um novo romance. Sobre um cogumelo extraterrestre que invade o planeta ainda no período cambriano. O cogumelo narra toda a sua trajetória desde a chegada, através de uma viagem interdimensional, quando a vida ainda não tinha saído da água. Li que os fungos foram essenciais para essa passagem, o surgimento de plantas que fizessem fotossíntese, e, por tabela, para o surgimento de quase toda a vida fora da água. Li também que antes das plantas, há mil milhões de anos, no período cambriano a crosta terrestre era dominada por eles, os fungos, onde reinaram sozinhos durante um tempo infinito. Mais especificamente na forma de fungos gigantes que chegavam a oito metros de altura, os chamados prototaxites. Tinham o formato de um tronco, ou talvez de um obelisco, e não faziam fotossíntese, foram os únicos grandes seres na superfície por mais de quarenta milhões de anos. Leio também que atualmente um dos maiores organismos vivos é um fungo, um tapete que se estende por dez quilômetros quadrados no noroeste dos Estados Unidos e existe há mais de dois mil anos. No livro que estou escrevendo, os fungos são uma espécie de piratas espaciais que se movem entre as dimensões do universo em busca de planetas do tipo BXX2, ou seja, lugares com oxigênio e um início de vida na água. O objetivo desses organismos, que não têm subjetividade individual nem um pensamento centralizado, é encontrar esse tipo de planeta ideal para estabelecer uma colônia não só na água, mas também na superfície, aliás é graças a eles que as plantas conseguem se estabelecer fora da água. Há, porém, um problema: a vida sustentada e dominada pelo fungo produz mais cedo ou mais tarde, à guisa de efeito colateral, as chamadas civilizações, que em pouquíssimo tempo se autodestroem levando consigo grande parte da vida no planeta, inclusive o próprio fungo caso ele não consiga escapar numa nova viagem interdimensional. Ou seja, o sucesso é também, necessariamente, o fracasso. No livro, o fungo pensa numa forma de evitar esse desenvolvimento e constrói uma máquina orgânica, uma máquina de guerra chamada YARA29X. Assim, ele é ao mesmo tempo vilão e mocinho, invasor e salvador do planeta.

30 DE JUNHO

Meu principal problema com o livro é uma questão de técnica narrativa: como o fungo é um organismo sem cérebro, ou seja, de inteligência descentralizada, e eu me impus o uso da primeira pessoa do singular (tentei a primeira do plural, mas ficou ridículo), acabo presa na armadilha da minha própria linguagem. Teríamos que inventar uma voz que correspondesse a um tipo de inteligência que ainda não compreendemos. Fiquei pensando nos fungos capazes de encontrar o caminho mais rápido entre um ponto e outro, como seria essa comunicação? Talvez algo inconsciente, um saber do corpo, como andar de bicicleta. Uma memória do corpo. Os fungos sabem assim como o corpo sabe. Fico feliz com a minha conclusão, mas ela não me ajuda muito na escrita do livro.

28 DE SETEMBRO

Passo dias inteiros no Jardim Botânico fotografando cogumelos, dos mais variados formatos e cores. Guardo as fotos num arquivo no computador; além delas, matérias variadas sobre o tema. Uma das que mais me chama a atenção é a de uma revista alemã sobre um fungo raro, com o seguinte subtítulo: Fascinante pseudoflor: nas savanas da Guiana, um cogumelo infecta plantas com florescências amarelas, as esteriliza e produz duplos bizarros para atrair insetos. Ou seja, ele coloniza a flor e depois imita sua aparência para atrair os desavisados. Assim os insetos, sem saber do engano, copulam com a impostora e espalham os seus esporos em vez das sementes da planta. A matéria mostra a foto da flor verdadeira e daquela colonizada pelo fungo. A cor ele imita com perfeição, um amarelo vibrante, de longe parece não haver diferença, e só um olhar mais atento percebe que a consistência das pétalas é diferente, estranhamente esponjosa no caso da pseudoflor. Parece algo de filme de terror. Fico obcecada.

15 DE NOVEMBRO

Apesar das dificuldades iniciais, o livro segue de vento em popa, escrevo todos os dias páginas e páginas, a narrativa vai desde a chegada do fungo até o fim da vida na Terra, quando, apesar de uma batalha final junto à YARA29X, o planeta se transforma num deserto feito Marte e o fungo segue sua viagem interdimensional em busca de um novo lugar para colonizar. Gosto especialmente do último capítulo, que é bastante apocalíptico, mas nem tanto, porque o fungo carrega em sua memória toda a história da Terra, gravada para sempre em seu corpo imortal. Assim, até mesmo YARA29X, que diante do fracasso da missão se autodestrói, poderá ser recriada num futuro não muito distante. Faço algumas alterações para não exagerar e cair no kitsch, o fungo deve ser levado a sério. Nos últimos dias, quando percebo que me aproximo do final, trabalho sem descanso, em estado febril, quase não como, não saio de casa, e mal consigo dormir. No último dia, resta na geladeira apenas uma cebola, que eu refogo rapidamente na frigideira.

Às onze horas da noite, finalmente termino o livro, com olheiras que nunca tive e quase dez quilos mais magra. Caio na cama e durmo por dois dias seguidos.

17 DE NOVEMBRO

Após algumas semanas de revisão, mando o livro para a editora. Todos os dias ligo para ela à espera de uma resposta, ela me diz para ter calma, que vai ler assim que possível, eu continuo ligando, ela deixa de me atender, escrevo e-mails que ela não responde, mando cartas. Sei que estou sendo inconveniente, mas não consigo agir de outra forma. Até que um dia ela me chama para um café. Chegando lá, após uma conversa introdutória me diz que não vai publicá-lo. Eu não consigo acreditar, não? Mas por que não? É para o seu próprio bem, o livro não se encaixa no seu perfil. Eu pergunto, mas como assim, que perfil? A editora diz que o livro vai afastar os meus leitores. Como, eu insisto, ela diz, será que você não percebe, esse livro é muito ruim, provavelmente a pior coisa que você já escreveu. Sinto ter que te dizer isso. Fico arrasada. Faço um esforço enorme para não demonstrar minha decepção. Passei os últimos quatro anos trabalhando nesse livro. Sinto muito. Mas do que vocês não gostam? A editora me olha com pena, bom, vamos lá. Para começar o fungo, a narrativa está toda em primeira pessoa e você diz que a subjetividade do fungo não está concentrada num único órgão, um cérebro, que ela se espalha por todo o organismo, certo? Sim, certo. Então, mas aí o fungo narra da mesma maneira que todo mundo, com subjetividade concentrada num único órgão. Ou seja, você não conseguiu encontrar uma voz que reproduzisse essa ideia inicial. Eu sei, mas eu encontrei uma solução para isso, que foi tematizar o problema na própria fala do fungo, numa espécie de metalinguagem. Sim, é verdade, mas não funcionou, ficou muito artificial, parece que você está usando um truque barato, sabe? Eu me sinto afundar na cadeira. Ela continua: além disso, tem a questão da verossimilhança, por que o fungo ia querer salvar o planeta de uma forma tão complicada? Ele não poderia simplesmente acabar com o ser humano? Sim, você tem razão, eu digo. E nem vou falar da história da pseudoflor... O que tem a pseudoflor? Bom, é tudo muito expositivo, parece que você quer provar uma tese, sabe? Sei... Então, querida, olha, meu conselho é que você continue escrevendo no mesmo estilo anterior. Não sei o que deu em você para querer enveredar pela ficção científica, um gênero que você claramente não domina. Está certo, eu digo. Penso por alguns instantes, decido aceitar a derrota, ao menos por enquanto. Vou escrever então uma história de amor, numa ilha, o que você acha? Maravilhoso, diz a editora, ótima ideia.

10 DE JANEIRO

Eu saio arrasada, mas ao mesmo tempo esperançosa. Deixo pra lá o livro sobre o cogumelo extraterrestre e começo o tal romance da ilha, decido ambientá-lo numa ilha sem nome, talvez vulcânica. Não que eu tenha desistido do fungo, não desisti. Quando chegar a hora, vou retomar a história, reescrevê-la talvez.

91

11 DE JANEIRO

— Como você está?

— Péssima.

— Mas por quê?

— Meu livro do fungo foi recusado.

— Ah...

— Todo esse tempo de trabalho.

— Mas foi recusado por quê?

— O fungo não é verossímil.

— E você concorda?

— Não, claro que não.

— E o que você acha que aconteceu?

— Não sei, acho que é puro preconceito, só porque é um personagem não humano. E tem ainda a pseudoflor, nem mesmo da pseudoflor eles gostaram.

— Pseudoflor...

— Sim.

Ficamos em silêncio. Ela esperando que eu diga algo sobre a importância do fungo, eu pensando na importância dele. Na verdade, não sei bem que importância ele tem.

— Você já falou algumas vezes que o fungo é uma espécie de invasor.

— Justamente. Um invasor. Ele tenta dominar o planeta. Quer dizer, mais ou menos...

— E quem você acha que pode ser esse invasor tentando dominar o planeta?

Silêncio novamente. Eu começo a rir. Rio loucamente. Tenho um acesso de riso, mas é um riso nervoso. Ela me olha triunfante e diz:

— Ficamos por aqui. Até semana que vem.

5 DE ABRIL

Comecei a escrever um novo romance, mas não esqueci do fungo e sua existência rejeitada. Não me conformo com o seu destino. Todo livro merece encontrar ao menos alguns leitores. Resolvo fazer uma edição de autor, apenas alguns exemplares, dezessete, decido ao acaso. Peço a uma amiga o projeto gráfico. Ela sugere um desenho e se oferece para fazer o desenho, eu aceito com alegria. O resultado é deslumbrante. Ao menos isso. Penso que é uma pena tanto trabalho para tão poucos exemplares, mas não importa, isso os valorizará no futuro. Sigo a dica de um amigo editor, e vou diretamente na gráfica, que me cobra uma pequena fortuna. Gasto uma boa parte do dinheiro que eu tinha economizado e que deveria me sustentar até o fim do ano. Ficarei sem dinheiro para pagar a análise. Paciência. Ficarei sem dinheiro para pagar o aluguel, dane-se, darei um jeito. Quando finalmente recebo os exemplares, fico tão emocionada que minhas mãos tremem. Está tudo bem?, pergunta o homem da gráfica. Sim, tudo ótimo, tudo maravilhoso. Eu saio de lá abraçada ao pacote de livros e vou comemorar num bar da Lapa. Sento a uma mesa do lado de fora e fico lá bebendo e olhando para as pessoas em volta, as pessoas que passam. Decido não chamar ninguém, eu sempre precisei dessas comemorações iniciais em silêncio. O bar onde estou tem uma carta de cachaças, e me parece que uma boa forma de celebrar é fazer um pequeno tour pelas sugestões etílicas que se apresentam. Não sei quantas horas fiquei ali, lembro apenas que fui convidada a me retirar porque o estabelecimento precisava fechar as portas, talvez fossem umas três, quatro da manhã. Fui andando até a minha casa. Somente ao chegar me dei conta de que havia deixado os exemplares no bar, na cadeira ao lado. Voltei no dia seguinte, mas eles haviam sumido.

9 DE ABRIL

— Você não vai acreditar no que me aconteceu.

— E por que eu não acreditaria?

— Porque é completamente inverossímil.

Eu fico alguns minutos em silêncio, roendo as unhas, com a vista perdida nas fotografias de Lacan. Lacan é um homem usando uma gravata-borboleta.

— O que aconteceu?

— Sabe o romance que eu escrevi, aquele do fungo invasor?

— O que coloniza o planeta.

— Esse mesmo.

— O que aconteceu com o fungo invasor?

— Ele sumiu.

— Mas isso não é bom?

— Não, isso é uma tragédia. Eu publiquei o livro.

— Publicou? Mas você não tinha dito que a editora não queria...

— Eu publiquei mesmo assim, numa edição de autor. Mas isso não vem ao caso, o problema é que logo depois eu perdi os exemplares.

— Você perdeu os exemplares?

— Perdi. Num bar da Lapa — digo meio envergonhada.

Ela me lança um olhar indecifrável. Ficamos em silêncio por alguns segundos que me parecem horas, até que eu digo:

— Foi sem querer. Você não acredita, eu sei, mas é

verdade, foi um acaso mesmo. Mas esse não é o principal problema. O problema é que eu gastei uma fortuna nessa publicação e agora estou sem dinheiro para pagar a análise. Ela esboça um sorriso, como se soubesse de alguma coisa, ela sempre parece saber de alguma coisa. Eu começo a suar frio. Ela se levanta da poltrona e diz:

— Bom, ficamos por aqui. Até semana que vem.

— Mas...

— Até semana que vem.

— Mas eu não tenho mais como pagar a...

— Você vai dar um jeito.

E com essas palavras ela se despede de mim e chama o próximo paciente.

10 DE ABRIL

Você vai dar um jeito, as palavras ficam ressoando na minha cabeça. Começo a procurar um trabalho extra, ligo para todo mundo que conheço, faço promessa, prometo para mim mesma que serei mais responsável. Depois de alguns dias consigo finalmente uma tradução com a editora, vou traduzir um romance infantojuvenil. Agradeço aos santos, às deusas, às fadas e aos duendes. A editora me manda um calhamaço de trezentas páginas. A vida parece estar se ajustando novamente, meus amigos acham que eu sou uma pessoa de sorte. Eu até concordo, mas, quando vou começar a primeira linha da tradução, algo estranho acontece com o meu corpo. Mais exatamente com o meu braço. A mão do braço esquerdo começa a doer, uma dor que vai aumentando a cada instante até se tornar impossível movimentá-la. A mão já não funciona. Não sinto mais os dedos, especialmente o polegar e o indicador, uma dormência que sobe pelo antebraço. Forçar o movimento só aumenta a dor. Tento digitar com a mão direita, mas logo essa mão começa a doer também. Em menos de uma hora a crise aumenta a ponto de eu não conseguir mais mexer nenhuma das duas mãos.

30 DE MAIO

A dor da mão direita aos poucos vai melhorando, mas a da esquerda permanece forte e insistente. Vou ao médico, que me sugere uma operação para síndrome do túnel do carpo sem nem mesmo me examinar. Eu saio correndo. Vou a outro médico, que me prescreve uma fisioterapia com gelo que me deixa ainda pior. A dormência que começou na mão agora se estende para todo o braço e o paralisa. Preciso encontrar um jeito de fazer a tradução. De todas as possibilidades, contratar alguém que digite para mim me parece a mais prática e viável. Depois de muitos telefonemas, acho o candidato ideal, o filho adolescente de uma conhecida, então todos os dias, depois da escola, ele passa na minha casa e eu dito a tradução que ele escreve no meu computador. Tenho trinta e sete anos, mas algo naquela situação faz com que eu me sinta uma senhora idosa precisando de ajuda, fico pensando nas dificuldades de ser uma senhora idosa. Envelhecer deve ser horrível, penso, entre uma frase e outra.

19 DE AGOSTO

O livro que estou traduzindo é uma história fantástica sobre personagens que ao ler um livro são transportados, fisicamente, para dentro dele. A única forma de sair dali é encontrar uma tinta mágica guardada a sete chaves pelo mago Merlin e com ela reescrever os capítulos. Os personagens têm nomes estranhos, do tipo fogo voador ou pés de estanho ou cabelos de vento. Eu dito a tradução em voz alta, e minha voz se amplia pelo vão do prédio que serve como caixa ressonante, juntando-se a vozes dos demais moradores: um papagaio que repete as propagandas de TV, uma jovem mãe que se desespera com o filho que se recusa a comer e um senhor (imagino que meio surdo) do primeiro andar, que ouve dia e noite Lupicínio Rodrigues no último volume. Às cinco da tarde as vozes se juntam e eu penso que seria incrível gravar aquilo para algum projeto futuro. Às cinco da tarde, abro uma garrafa de vinho que bebo numa xícara de chá para não dar mau exemplo ao meu jovem assistente, que digita, penso eu, alheio a tudo.

30 DE JULHO

A via-crúcis atrás de um médico que resolva o meu problema-da-mão continua. Tomo doses cavalares de relaxante muscular, analgésicos, nem sei mais o quê, tomo qualquer remédio que me oferecem, aspirinas, florais de Bach, calmantes, mas a dor não passa. Depois de um mês em tentativas infrutíferas, aceito a sugestão de uma amiga, um acupunturista chinês que atende num sobrado no Catete. Marco uma consulta. Quando chego lá quem me atende é a secretária. O consultório está cheio de senhoras idosas. Me identifico com elas, tento um sorriso amarelo. Espero por quase duas horas até que a secretária chama o meu nome, ele está me esperando. Ao entrar no consultório descubro que o acupunturista chinês é na realidade chinês-peruano, ele se dirige a mim em portunhol, me faz uma série de perguntas exóticas sobre a minha alimentação, exercícios, trabalho, infância.

— Que remédios está tomando você?

— Analgésicos, anti-inflamatórios, florais de Bach...

— Ah, jogue fora todas esas porquerías, no sirven para nada.

Eu fico sem reação, mas talvez seja um bom sinal, quem sabe ele me receita algo milagroso.

— Você come mucho atún?

— Atum? Não, sou vegetariana.

— Vegetariana? Eso es muito ruim, precisa de carne, una boa carne.

— Ah sim...

— E frango, beba tambíen la sangre.

— Ah...

— Mas não coma atum, es malo, tem mucho mercurio y mercurio enferma el cuerpo. Para eso coma coentro, muito coentro.

— Sim, muito coentro.

— Vou te dar uma receita de cápsulas de coentro, para limpiar la sangre.

— Ah, claro.

— Ahora vamos a ver ese braço.

O acupunturista chinês examina o meu braço, envolve a minha mão com um esparadrapo, mas não a mão inteira, o esparadrapo forma uma espécie de espiral que começa no polegar e vai até o antebraço, ele me explica como fazer igual e da importância da direção. A dor arrefece feito mágica.

— Como você fez isso?

— Técnica japonesa.

— Incrível.

— Você precisa fazer tomografia do crânio.

— Do crânio? Mas por quê?

— Espíritos obsessores...

— O quê?

Ele não me responde, além da tomografia do crânio, me pede uma série de exames estranhos, eu saio de lá com um monte de papéis, espíritos obsessores e um rolinho de esparadrapo.

5 DE SETEMBRO

Apesar da mágica feita pelo médico chinês-peruano, a dor nunca desaparece a ponto de eu conseguir voltar a escrever. Talvez eu vá ficar para sempre assim, penso meio melancólica enquanto o meu ajudante tecla com rapidez a tradução do livro infantojuvenil. Talvez eu deva me acostumar a isso, a necessidade de alguém que digite para mim, ou de algum programa de computador que faça isso de forma eficiente. Borges, por exemplo, penso em Borges, que ditava seus livros no fim da vida. Apesar de que me comparar a Borges não era algo que me desse muita esperança. E os últimos acontecimentos não me ajudavam em nada nessa tarefa. Eu tinha a sensação de que tudo estava dando errado na minha vida, ficando cada vez pior. A recusa do livro, depois a perda dos exemplares, depois a falta de dinheiro e agora aquela mão, o que mais poderia me acontecer?

12 DE SETEMBRO

Começo a escrever o novo livro, quer dizer, escrever é impossível, começo a gravar, enquanto caminho na praia de Copacabana. Todos os dias saio e gravo, sem desistências, sem interrupções. Gravar um livro, ao contrário de escrever, me obriga a considerar o ritmo do meu corpo, a caminhada. Se acelero o passo, acelero automaticamente a narrativa. Escrevo sobre uma ilha.

19 DE NOVEMBRO

Um livro, porém, não substitui o outro. De tempos em tempos volto à Lapa na esperança de encontrar os exemplares perdidos do fungo. Vou de bar em bar observando as mesas, as cadeiras, às vezes até nas latas de lixo, faço visitas-surpresas a sebos, olho com desconfiança para camelôs, vendedores de bugigangas. Nunca voltei a ver o livro. Às vezes sonho com ele. Meus amigos evitam falar no assunto, sabem que é um tema delicado. Não tenho dinheiro para pagar uma nova edição, então a história do livro acabou assim, sem glamour, e provavelmente sem leitores. Com o tempo, a esperança de encontrá-lo foi pouco a pouco desaparecendo, mas mantive os meus passeios pela Lapa, pelas ruas estreitas, por sobrados antigos, às vezes a sensação de que ali algo da cidade antiga se preservara, feito uma outra dimensão. Num desses passeios, ouço uma voz lá do alto, alguém me chama do segundo andar de um sobrado, uma mulher debruçada na janela fuma um cigarro, o cabelo curto lhe dá um aspecto andrógino, ela chama o meu nome como se nos conhecêssemos, gesticula. Até que enfim você chegou, ela diz. Sobe logo. Eu fico alguns instantes ali parada pensando de onde eu a conheço, o rosto e a voz me parecem familiares, o que é que você está esperando aí parada, vem logo. Olho em volta, a rua está deserta, ela continua me chamando, até que eu decido entrar, abro a porta sem dificuldade, aqui em cima, ela grita, eu subo meio reticente as escadas. Quando chego lá em cima, ela me olha como se me examinasse, que roupa é essa? Por que você está vestida desse jeito? Eu olho para a minha roupa, não vejo nada de estranho nela, uma saia rodada até o joelho, uma camiseta. Mas antes que eu responda qualquer coisa, do tipo, quem é você? ou, do que você está falando?, ela continua: não importa, até que enfim, estávamos te esperando, pensamos que você não vinha mais. Ela dá uma última baforada no cigarro e o apaga com a sola do sapato. Depois entra por um corredor, e eu, que não tenho a menor ideia do que fazer, vou atrás dela.

Entramos numa sala onde um grupo de pessoas se reúne. Até que enfim, diz alguém. A cena me deixa sem reação, na sala estão reunidas umas quinze, vinte pessoas, quase todas têm um exemplar do meu livro dos fungos, eu me viro para ela, mas o que é isso, o que o meu livro está fazendo com vocês? Sim, o livro, ela me diz, temos algumas questões em relação a ele, na realidade algumas passagens que não conseguimos decifrar. Decifrar? Sim, as instruções, ela diz, enquanto me leva até uma poltrona. Na página vinte, por exemplo, o que significa a ordem das palavras?

Um homem jovem sentado à minha frente aproveita a deixa e completa: e temos também muitas dúvidas quanto ao ERA... Eu olho para aquelas pessoas, não sei o que dizer, o que significa isto aqui?, ela aponta para um trecho sublinhado com caneta, eu me sinto feliz e confusa, ao menos o livro não desapareceu, mas ao mesmo tempo aquilo não faz o menor sentido, acho que vocês estão me confundindo com alguém, é tudo o que eu consigo verbalizar. A mulher ri como se eu tivesse dito alguma piada, os demais riem também. Deve ser alguma brincadeira de algum amigo, faço um breve compêndio de quem poderia ter inventado uma coisa dessas. As pessoas continuam conversando alheias às minhas objeções:

— Alguém precisa ficar aqui.

— Mas já não é seguro, logo eles...

— Não importa, a munição, não podemos deixar a munição.

— Deve haver outra forma.

— E as instruções?

— Quando eles chegarem, então...

— Há um sistema de programação.

— São cinco repetições.

— No livro?

— Não.

— E as armas?

— Não se preocupe, estaremos aqui.

— Mas até quando?

— Até a Mayara conseguir...

— E se ela não conseguir?

Vem, vamos até a cozinha, ela me pega pelo braço. Eu a acompanho ainda meio atordoada. O que há com você, ela me pergunta, eu insisto, vocês estão me confundindo com alguém, ela me ignora, e a tua mão? Ela pega a minha mão, movimenta os meus dedos como se a examinasse, melhorou? Sim, quer dizer, não, não totalmente, mas, como você... Já vai melhorar, o doutor Woo fez um bom trabalho, mas é preciso ter paciência, daqui a alguns anos você não sentirá nada, ela diz enquanto pressiona o meu pulso. Eu puxo o braço na tentativa de me desvencilhar do exame. O que foi?, ela pergunta, como se aquilo fosse algo normal, eu queria que alguém me explicasse o que... Temos algumas dúvidas em relação à pseudoflor também, ela me interrompe, eu desisto. Resolvo mudar de estratégia. Talvez continuando a conversa eu consiga entender alguma coisa do que está acontecendo. A pseudoflor. Vocês leram mesmo o meu livro? Ela me olha séria, claro, para isso que você o escreveu. Toma, bebe isso. Mas o que é isso? Uma cerveja, ela diz, ou agora vai me dizer que nunca viu uma garrafa de cerveja? Eu me sinto meio ridícula, não é isso, é que..., bebe, vai te ajudar a relaxar, você está muito tensa. Depois que tudo isso passar, nós temos muita coisa pra conversar, inclusive essa sua roupa bizarra, mas agora não temos tempo, vai, bebe logo isso, eu ia recusar novamente, mas algo em seu olhar me impede, eu pego a garrafa de cerveja, bebo um gole, parece ser mesmo cerveja. Agora vem comigo, ela diz, depois dos últimos acontecimentos tudo se tornou urgente, não temos mais tempo a perder.

Voltamos à sala onde estão todos reunidos, alguém me aponta um lugar no sofá, mas antes que eu possa dizer qualquer coisa, ouve-se um estrondo muito perto dali, depois outro e outro. Alguém se debruça na janela e grita, começou! E saem todos correndo, como se fosse parte de um plano, algo esperado. Eu fico sem ação, a mulher do cigarro me puxa pelo braço, descemos as escadas junto com os demais e saímos correndo pela rua, estranhamente já havia anoitecido e o bairro inteiro parece estar sem energia elétrica, há fogo por todo lado, as explosões devem ter sido bombas, penso, gente na rua, correndo ou atirando, ao longe mais explosões, tiros, sim, parecem tiros, metralhadoras, eu me apavoro, o que está acontecendo? Ela não me responde, diz apenas, não temos tempo para ter medo, e continuamos correndo a Mem de Sá até chegar aos Arcos da Lapa, por aqui, ela me diz, e aponta para uma pequena entrada aberta num dos pilares do antigo aqueduto, eu fico sem reação, ela insiste, anda, a pequena porta dá para uma escada em caracol, uma espécie de passagem secreta, subimos e saímos no meio dos trilhos onde costumava passar o bonde. Lá em cima, várias pessoas armadas se escondem atrás da pequena mureta de onde atiram sem parar, o barulho me desorganiza os pensamentos, deita, ela grita. Você vai me dizer o que está acontecendo?, eu grito de volta. Ela não responde, ou responde e eu não consigo ouvir, o barulho engole tudo, ela acende um cigarro, me oferece. Eu não fumo, mas aceito, fumamos no meio de um monte de gente atirando. Bombas explodem por toda a cidade, ao menos é o que parece. O código, ela grita, me passa logo o código, mas que código? O código que está no livro. Mais uma vez aquela história, eu não sei de código nenhum, mas você escreveu, ela insiste com raiva, sim, eu escrevi, mas eu não sei, grito de volta. Se não desprogramarmos o sistema, ele vai nos destruir, é uma questão de tempo. Ela tira um exemplar do livro e uma pequena lanterna, aqui, na página vinte...

Mas antes que ela começasse a ler, uma bomba explodiu destruindo parte do aqueduto, bem ao nosso lado. Eu fiquei ali apavorada, olhando incrédula para o aqueduto destruído, parecia mentira, os Arcos da Lapa não podem ter sido destruídos por um bombardeio, penso, olho em volta, a cidade inteira parecia estar em ruínas, há focos de incêndio por toda parte. Pra catedral, alguém gritou, e saímos correndo em direção ao centro, no céu estranhas luzes coloridas que caíam pela cidade, corremos, eu, ela e mais algumas pessoas, até a Catedral Metropolitana ali perto, por aqui, disse um deles, na rua muitos mortos, como num pesadelo, entramos pela lateral da igreja cuja iluminação se resumia a uma pequena luz vermelha sobre o altar, corremos até lá, sobre o altar havia um alçapão que se abriu para o que parecia ser uma passagem subterrânea. Descemos uma pequena escada em direção ao subsolo e após uma longa descida abriu-se diante de nós uma espécie de túnel. A passagem era estreita, eu mal cabia em pé, as paredes estavam todas cobertas por desenhos de cores fortes sobre um fundo negro, imagens que eu nunca tinha visto, construções que eu nunca tinha visto, dentro da floresta, habitadas por seres mitológicos, fosforescentes, alguns reconhecíveis, serpentes, pássaros, capivaras, mas também outros, seres mágicos, antropomórficos, alguns lembrando rios, plantas, árvores, tridimensionais, se aproximavam e se afastavam, e as imagens pareciam ter vida própria, uma cidade por baixo da cidade, viva e secreta. O grupo iluminava a passagem com lanternas de bolso, via-se que de tempos em tempos o túnel se bifurcava em outras passagens, o que transformava aquele subterrâneo num movimento de intenso caleidoscópio. Continuamos correndo, não sei por quanto tempo, eu começava a sentir os efeitos da claustrofobia que me acometia desde sempre, as imagens se sucediam em grande velocidade, pareciam dançar, tomar corpo, mover-se em nossa direção, eu olhava para tudo fascinada, e ao mesmo tempo a sensação cada vez mais angustiante da claustrofobia, vou passar mal, pensei, vou morrer, o suor frio escorria pelo meu rosto, sentia doer mais do que nunca a minha mão, até que finalmente chegamos ao final do túnel e saímos na praia, acho que era a praia da Urca, mas não tinha certeza, em torno apenas uma vegetação fechada, não se viam edifícios, nada. Dali a guerra, não sei como chamar o que estava acontecendo, se ouvia ao longe, no meio da mata. Eles falavam entre si, algo sobre a cidade encantada, ouvi quando alguém chamou a mulher do cigarro de Mayara, Mayara, eu fiquei pensando, Mayara, o nome me parecia familiar, mas meus pensamentos se tornavam cada vez mais embaçados, fiquei ali sentada na areia da praia, o cheiro da maresia e o barulho das ondas davam a impressão de que estava tudo normal se não fosse uma quantidade imensa de baleias, achei estranho, mas sim, eram baleias, Mayara se aproximou, sentou-se ao meu lado. Acendeu outro cigarro, eu recusei desta vez. Você viu as baleias? Sim, já tinha percebido. Você não acha estranho?, perguntei. Não, elas estão indo pra baía, há um berçário de baleias lá. O quê, na baía da Guanabara? Sim. Ela me olhou impaciente, claro, onde mais, afinal, o que há com você? Eu olhei para ela com atenção, sim, ela me lembrava alguém, Mayara carregava uma metralhadora. Mas como é possível, essas baleias... Esqueça as baleias, você precisa entender que sem o código não teremos como resistir por muito mais tempo. Eu fico em silêncio. Sua voz é seca, você não vai dizer, mesmo sabendo tudo o que vai acontecer? Já disse que não sei.

Eu não sei de código nenhum e muito menos do que vai acontecer. Aliás, eu não tenho a menor ideia de quem é você, nem quem sou eu, e muito menos o que estamos fazendo aqui. Mas como é que você escreveu o livro então? Eu não sei, não sei o que tudo isto tem a ver com o meu livro, quer fazer o favor de me deixar em paz? Em paz? Ela dá uma gargalhada. Mas a gargalhada é interrompida por um dos homens do grupo que anuncia apontando para o mar: está acontecendo! Está acontecendo! Corremos todos para a beira da água, ao longe é possível avistar uma embarcação que se aproxima, é uma caravela.

CALIBAN À DERIVA

Local: Numa caravela à deriva
Tempo: Depois da tempestade
Personagens: Caliban
Sycorax
Ariel
Coro de anjos
Voz 1
Voz 2
Gênio da garrafa/ Espírito da garrafa/
Dioniso

1º ATO

Caliban caminha pelo convés, olha em volta, para por alguns segundos e anuncia:

Caliban
Estão todos mortos.

Sycorax
(*ajeitando o cabelo com um longo pente de madeira*)
Sempre estiveram.

Caliban
Não é verdade, estavam vivos até agora há pouco, antes da tempestade.

Sycorax
E daí?

Caliban
Estão mortos, mortos, você ouviu?

Sycorax
Estão todos mortos desde sempre. Nós é que estamos aqui, presos, neste tempo do esquecimento, onde tudo já aconteceu e o que vivemos é só pesadelo e repetição.

Caliban
A culpa é sua, foi você que...

Sycorax
(apontando para o céu)
Olha, está amanhecendo. Os dias e as noites começam a se distanciar. Em breve chegarão os pássaros. Gaivotas. Quando as primeiras gaivotas chegarem é o sinal.

Caliban
Beberei o sangue dos que chegarem.

Sycorax
Ainda há vinho no porão.

Caliban
(gargalhando)
Não há água, mas há vinho. Será a viagem mais feliz... ao menos morrerei embriagado até as orelhas.

Sycorax
Deixe de bobagem, você precisa estar atento, mais do que nunca. Um destino glorioso te espera.

Caliban
(*rindo*)
Destino glorioso?

Caliban tem um ataque de riso.

Sycorax
(*olha com preocupação para ele*)
Precisamos te preservar da loucura.

Sycorax tira da vestimenta um pequeno frasco azul que entrega a Caliban.

Caliban
(*abre o frasco, cheira, faz expressão de asco*)
Que veneno me ofereces agora, bruxa maldita?

Sycorax
(*severa*)
Não tolerarei as suas insolências.

Caliban
Não vou beber essa porcaria.

Sycorax
(*veemente*)
Bebe agora.

Caliban finge que vai beber, mas, antes de encostar o frasco à boca, atira-o ao mar. Sycorax dá um grito. O frasco parece afundar, mas logo sobe novamente à tona, e se transforma numa baleia que passa a seguir, à distância, a embarcação.

Sycorax
(*se debruça sobre o convés, observando, ao longe, a baleia*)
Maldição! Era um espírito poderosíssimo, levei décadas para aprisioná-lo... Agora, pouco poderei fazer por você, estarás entregue à própria sorte.

Caliban
Não me chateie mais com suas histórias, bruxa. Estou cansado.

Caliban se deita no convés, olha o céu distraído. Sycorax senta-se ao seu lado. A caravela segue à deriva. Caliban deita a cabeça no ombro de Sycorax.

Sycorax
Estás cansado, filho?

Caliban
(*sério*)
Sim. Me sinto tão só.

Sycorax
(*acariciando os cabelos do filho*)
Eu sei...

Caliban
Sinto falta de casa.

Sycorax
Eu sei.

Caliban
Quanto tempo faz?

Sycorax
(*com olhar perdido*)
Tempo demais, meu filho, tempo demais...

Ao fundo um coro de anjos, comandados por Ariel, canta
a *Misa Criolla* acompanhado de instrumentos divinos.

Gloria a Dios
En las alturas
(Y en la tierra) Paz a los hombres
(Paz a los hombres) Paz a los hombres que ama el Señor
(Gloria a Dios) En la alturas
(Y en la tierra) Paz a los hombres
(Paz a los hombres) Paz a los hombres que ama el Señor
Te alabamos (Te bendecimos)
Te adoramos (Glorificamos)
Te alabamos (Te bendecimos)
Te adoramos (Glorificamos)
Te damos gracias
(Te damos gracias) Por tu inmensa gloria

Caliban
(*com lágrimas nos olhos*)
Sonho com a nossa ilha.

Sycorax
Nossa ilha foi engolida pelo mar. Desapareceu no fundo do oceano. Mas encontraremos outra. Quer dizer, você encontrará. Uma ilha tão bela como ninguém nunca viu, lá, pássaros de todas as cores cantam iluminando a floresta, frutos se oferecem maduros ao alcance da mão, rios correm suaves entre as montanhas, e as estações do ano... ah, as estações do ano se esgarçam numa interminável primavera.

Caliban
Sonho com nossa ilha.

Sycorax
A ilha aparece a cada sete anos. Em breve será visível, basta seguir as coordenadas, mais ao sul, sempre mais ao sul. Lá você estabelecerá o seu reinado e voltaremos ao tempo anterior, o tempo efêmero dos vivos. Será possível dançar por horas e horas e horas.

Caliban
(*suspira*)
Criarei minhas próprias criaturas...

Sycorax
Sim. E elas serão belas, capazes de cantos divinos. Dançarão nuas pela floresta.

Caliban
À minha imagem e semelhança. (*Caliban sorri*) Sou belo, mãe?

Sycorax
De uma beleza inebriante, meu filho. Não há ninguém mais
belo neste mundo. Não há ninguém neste mundo.

Caliban
(*levantando-se, como se acordasse de um transe*)
Dizem que sou um monstro.

Sycorax
Eles não sabem o que dizem.

Caliban
Sou mesmo um monstro?

Sycorax
(*silêncio*)

Caliban
Me diz a verdade.

Sycorax
(*desviando o olhar*)
O monstro é o mensageiro dos deuses.

Caliban
Dos deuses?

Sycorax
Sim, os deuses.

Caliban
Mas que deuses são esses se eu não os ouço?

Sycorax
Os deuses estão mortos, filho. Restam somente anjos, espíritos, restamos nós e...

Caliban
E a mensagem?

Sycorax
Não há mensagem. Nunca houve. Mas isso não importa agora.

Caliban
Estamos sós, então?

Sycorax
Sim, sempre estivemos.

Caliban
(*desespera-se*)
Não aguento este mundo, mãe, vou saltar. Prefiro servir de comida aos peixes que de arauto a um bando de deuses mortos.

Sycorax
Não! Filho, não. Tens um grande futuro pela frente. Serás teu próprio deus, reinarás soberano por todo um continente. Criarás uma nova sociedade, um mundo nunca visto, cheio de brilhos noturnos.

Caliban
Virás comigo, mãe?

Sycorax
(*séria*)
Não.

Caliban
Me abandonas outra vez?

Sycorax
Estou presa, meu filho, num tronco de árvore. Não tenho
como sair de lá. A árvore me envolve em seus galhos, me...

Caliban
Dizem que és uma bruxa poderosa. A mais poderosa de
todas, como é possível?

Sycorax
Há outros poderes que dominam o mundo agora. Mas, quando o equinócio se alinhar ao eclipse solar, será o início de
uma reorganização de forças e eu voltarei ao meu corpo
anterior. Confie em mim.

Caliban
Tenho medo, mãe. E o medo fará de mim a pior coisa.

Sycorax
Sim, meu filho, fará. O medo nos desfigura a todos.

Caliban
Sou bonito, mãe?

Sycorax
De uma beleza inebriante...

Caliban se aproxima de Sycorax desconfiado, segura-a pelo pescoço.

Caliban
(*cola o seu rosto no rosto de Sycorax*)
Sou bonito, mãe?

Sycorax
De uma beleza inebriante...

Os olhos de Sycorax adquirem uma coloração azulada. Seu corpo vai se tornando difuso, quase sem contornos. Caliban dá um grito. Um som gutural sai de sua garganta. Sycorax se desfaz como uma imagem de sonho.

Caliban
Bruxa maldita, nem ao menos existes!

Caliban deixa-se cair, o rosto entre as mãos. Chora.

Caliban
Por que me abandonaste, mãe?
Por quê?
Por quê?

O coro de anjos reaparece, continua a *Misa Criolla*.

Señor Hijo único, Jesucristo
Señor Dios, Cordero de Dios, Hijo del Padre
Tú que quitas los pecados del mundo
Ten piedad de nosotros

Tú que quitas los pecados del mundo
Atiende nuestras suplicas
Tú que reinas con el Padre
Ten piedad de nosotros (De nosotros)

2º ATO

Caliban
(*dirigindo-se ao coro de anjos*)
Não aguento mais essa cantoria, deixem-me em paz, espíritos infernais.

Ariel
(*dá um passo à frente*)
Mas é para o seu próprio bem, e para o bem do novo mundo que está por vir. Com nossas vozes celestiais abençoamos esse...

Caliban
Não me diga que você acreditou nas palavras da bruxa. O céu já produziu anjos mais espertos.

Ariel
(*impassível*)
Não adianta me insultar.

Caliban
(*com um sorriso maligno*)
Não por acaso ela te aprisionou tão facilmente.

Ariel
Ela sempre soube, já falava nisso, muito antes de você nascer. Uma nova ilha.

Caliban
Tem certeza?

Ariel
Eu sou um anjo. Sei coisas.

Caliban
Ah, anjos não sabem de coisa nenhuma. Só sabem cantar e cantar e cantar, lá-lá-lá-lá...

Ariel
(*aproxima-se de Caliban*)
Você fundará uma nação sobre a qual reinará por quinhentos anos. Talvez mais.

Caliban
(*afastando-se*)
Lá-lá-lá-lá-lá...

Ariel
Será um novo mundo. Algo jamais visto.

Caliban
Lá-lá-lá-lá-lá...

Ariel
Uma nova raça, uma raça cósmica, junção de todas as raças.

Caliban
Hahaha, fundarei uma raça de calibans! Pequenos calibans povoarão a terra.

Ariel
(*sério*)
É a vontade de Deus.

Caliban
E por que Deus ia querer uma coisa dessas?

Ariel
Os desígnios de Deus são inescrutáveis.

Caliban
Ah, que bobagem! Não há deus! Os deuses morreram, ou abandonaram o mundo logo após a sua criação, pergunte a Sycorax, você que respeita tanto a opinião dela. E agora, me dê licença, tenho algo muito importante a fazer.

Caliban desaparece por uma escada, Ariel continua anunciando o futuro da nova nação. Após um tempo, Caliban volta trazendo uma caixa com garrafas de vinho.

Caliban
(*oferecendo vinho a Ariel*)
Vamos, amigo, beba, relaxe um pouco, quem sabe seus pensamentos se desanuviam.

Ariel
Não, não aceitarei subterfúgios de um demônio.

Caliban
Então suma daqui.

Ariel
Você quer mesmo que eu vá?

Caliban
Suma. Você e os seus anjos.

Ariel
Depois não reclame. Sem mim, quem te guardará?

Caliban
(*dando uma gargalhada*)
Um anjo da guarda? Era só o que me faltava. Vai, some logo de uma vez.

Nesse mesmo instante Ariel e o coro de anjos voltam a entoar a *Misa Criolla*. Caliban tenta afastá-los como quem afasta um enxame de moscas, mas o corpo etéreo dos anjos não permite. Desaparecem da embarcação cantando. Caliban olha em volta.

Caliban
(*furioso*)
E agora, tem mais alguém aí? Mais alguma bruxa ou anjo ou elfo? Talvez um duende?

Caliban se levanta com a garrafa na mão. Bebe a garrafa inteira quase de uma vez.

(*silêncio*)

Caliban
Mais alguém?

(*silêncio*)

Caliban caminha pelo convés olhando cuidadosamente em volta. Após um tempo, se dá por satisfeito. Sorri.

Caliban vai até o castelo de popa tentar compreender o funcionamento da embarcação, mas não entende aquilo, não tem a menor ideia do que fazer além de continuar como está, à deriva. Quem sabe se em vez da ilha o espere a morte, é o mais provável. Basta acabar o vinho, o único líquido potável que ainda havia lá. Restava também algo de óleo, mas aquilo o deixava enjoado, o que o fazia vomitar e perder seu precioso líquido corporal. Pensara algumas vezes em pular no mar, e pronto, estaria tudo rapidamente resolvido, peixes grandes acompanhavam o navio, e havia a baleia. Mas sua covardia não lhe permitia, talvez a esperança, sim, sempre ela, maldita, a esperança o mantinha vivo e embriagado, ao menos embriagado.

Enquanto analisava o castelo de popa para ver se encontrava algum mapa, alguma instrução, algo que o ajudasse a tomar controle do navio, percebeu uma caixa de madeira, tentou abrir, estava fechada, como se tivesse sido feita sem tampa. De um lado uma espécie de canudo, na ponta do canudo, uma pequena esfera. Ele chacoalhou a caixa, mas parecia não haver nada dentro. Tentou o canudo, que se mostrou flexível. De repente, de dentro da caixa, saíram vozes, Caliban deu um salto para trás, apavorado. A caixa continuava falando, como se pessoas estivessem presas ali dentro.

Caliban
(*assustado*)
Quem são vocês?

Voz 1
Muito obrigada por ter aceitado o nosso convite, professor doutor...

(*inaudível*)

Voz 2
O homem de Neandertal compartilha com os humanos modernos 99,7% do seu DNA. O homem de Neandertal, assim como nós, tinha domínio do fogo, enterrava os seus mortos com ritos funerários e cuidava dos doentes. Inclusive, há indícios de que o homem de Neandertal usava algumas espécies de fungos como bactericidas. Apesar disso, o fato da cultura material não ter evoluído durante duzentos mil anos prova que a inteligência prática era de baixo teor, embora o homem de Neandertal possuísse um cérebro maior do que o do humano moderno.

Voz 1
E quanto à linguagem?

Voz 2
Descobriu-se que o homem de Neandertal possuía o gene
FOXP2, responsável pela fala, e que...

Caliban
(*gritando*)
Saiam daí. Mostrem-se.

Voz 1
E isso aponta para algum tipo de organização?

Voz 2
Sabemos que ele habitava a região oeste do Mediterrâneo,
foram encontradas ferramentas nas ilhas de...

Caliban joga a caixa no chão, mas as vozes continuam.

Voz 2
A capacidade de produzir ficção é o que nos separa dos...

Caliban
(*olha em volta*)
É algum feitiço seu, bruxa maldita?

Voz 1
... do homem de Neandertal, o que sabemos de concreto
sobre esse acontecimento?

Caliban
Você quer me enlouquecer? Por que não me deixou morrer logo de uma vez?

Voz 2
O motivo da extinção é desconhecido, temos algumas teorias, a mais aceita é a de que...

Caliban
Calem a boca vocês dois aí dentro.

Caliban pega a caixa, sacode-a com força.

Caliban
Não vou deixar que esses demônios mandados por Sycorax me enlouqueçam, vou me livrar de vocês, estão ouvindo?

Voz 1
Mas o senhor não acha que essa teoria que coloca um assassinato na origem da humanidade é um pouco...

Caliban joga a caixa ao mar, que pouco depois será engolida pela baleia que segue a embarcação.

De dentro da barriga da baleia, séculos depois, será possível ouvir:

E agora passemos para nosso programa literário, com a leitura de [...]

Desenho nas paredes da nossa casa os animais que nos uniram, quando passavas encantada pelo bosque de abetos, e teus

132

cabelos serpenteavam ao vento e tua boca entoava um canto de colibris e teus pés se curvavam ao contorno da terra. Desenho as imagens que esquecemos na tempestade do tempo, desenho teu rosto sobre o rosto de um peixe, tuas escamas prateadas, teus olhos furta-cor, desenho o toque mais íntimo da tua pele, o calor alegre das tuas entranhas, invoco os espíritos, para que eles, eles sim, devolvam teu corpo à nossa revelia. Escolho pequenos relevos para as longas armas de um búfalo, para as asas de um pássaro, para que eles, à noite, quando chegar a longa noite, possam resistir, carregando em seus ombros a sombra dos nossos passos.

3º ATO

Caliban dorme, as garrafas vazias à sua volta, ele dorme abraçado a uma garrafa ainda por beber. A rolha que a fecha pula para fora e de dentro da garrafa sai uma fumaça que logo toma a forma de um homem. Ele olha em volta, observa Caliban dormindo, aproxima-se dele e o acorda.

Gênio
(*chacoalhando Caliban*)
Ei, acorda! Anda, acorda!

Caliban
Ah... o quê?

Gênio
Acorda logo de uma vez, homem. Foram só algumas garrafas, onde já se viu. Você já foi mais resistente.

Caliban
(*olha desconfiado para o gênio*)
Quem é você?

Gênio
(*sorrindo com ironia*)
Sou o gênio da garrafa.

Caliban
(*olhando para as garrafas à sua volta*)
Devo estar alucinando...

Gênio
(*impaciente*)
Está bem, sou o espírito da garrafa, se preferir.

Caliban
(*incrédulo*)
O espírito?

Espírito
Sim, quer dizer, não da garrafa em si, mas do vinho. Sou
o espírito do vinho, não dizem que *in vino veritas*, então?

Caliban
(*irritado*)
E o que você quer?

Espírito
Nada. Nada de especial, só estava passando.

Caliban fecha os olhos, se encolhe, tenta voltar a dormir.

Espírito
Tenho outros nomes, Baco, Dioniso, mas também outros
ainda mais obscuros...

Caliban
(*sem abrir os olhos*)
Sai pra lá.

Dioniso
Você é muito arrogante, Caliban, sua falta de respeito pela
deidade te custará caro. Não que eu precise fazer algo para
isso. Você mesmo meterá os pés pelas mãos.

Caliban continua inerte, finge dormir. Dioniso se aproxima,
empurra-o com o pé (que é claramente um pé de bode). Caliban não se mexe.

Dioniso
Fique aí então, se é o que você quer. Eu tenho tempo, todo
o tempo do mundo.

Dioniso se senta ao seu lado. Passa a mão sobre os olhos de
Caliban como se os fechasse.

Dioniso
(*enquanto abre a última garrafa de vinho*)
Dorme, meu querido, dorme, que precisarás estar descan-
sado quando tudo acabar.

Dioniso bebe o vinho da garrafa, olha em volta analisando o estado da embarcação. Depois se detém no rosto de Caliban.

Dioniso
Até que não és de todo feio, és até interessante, apesar de exótico. Sim, uma beleza exótica, eu diria. E mesmo que tudo já tenha acontecido inúmeras vezes é sempre como se fosse novo. A criação e a destruição do mundo, essa sequência de esperanças e mal-entendidos. Você pode se perguntar, então, o que nos resta se nossas falas já estão escritas? Fluxo de palavras ditas antes de nós. Desejos desejados. Se o mundo já surgiu e desapareceu tantas vezes. E eu te diria, meu caro monstro, te diria que nos resta lutar, com todas as forças, e nesse embate perdido nos resta o escape das entrelinhas, viver como se fosse verdade, como se fizesse sentido, e estar à altura do papel que nos coube nesta vida. Bem-vindo, meu caro. Bem-vindo aos meandros da insurreição.

Caliban percebe o pé de bode de Dioniso, dá um salto.

Caliban
És um demônio!

Dioniso
Pare com isso, que mania é essa de demônio?

Caliban
Vejo nas tuas patas infernais.

Dioniso
(*dá uma gargalhada*)
Não seja ridículo. Não vai me dizer que você acredita na conversa desses anjos, Ariel e aquelas asas de urubu. Não lhe dê atenção. Venha, beba comigo.

Dioniso toca de leve o rosto de Caliban.

Dioniso
És belo, Caliban, e esse nem mesmo é o teu nome.

Caliban quer perguntar algo, mas Dioniso acaricia o pescoço, o torso de Caliban, desliza a mão pela barriga até o sexo de Caliban, Caliban geme. Depois, segurando-o no colo, dá-lhe de beber da garrafa. Ele obedece.

Dioniso
Assim está bem melhor. Não será necessário te dar ordens, o desejo será o suficiente.

Caliban abre os olhos como se acordasse de um sonho. Olha interrogativo para Dioniso, que lhe responde com um sorriso. Caliban não compreende seus próprios sentimentos, e, sem entender que força o guia, ajoelha-se diante de Dioniso, passa os dedos sobre os lábios do deus.

Dioniso
(*olhando em todo o seu esplendor para Caliban*)
Conhecerás o amor, enfim.

Caliban e Dioniso se beijam, um beijo longo e desesperado, como se quisessem destruir um ao outro. Numa coreografia que pouco se diferencia de uma luta, corpo a corpo os dois amantes-combatentes medem suas forças. Braços e pernas se entrelaçam. Caliban sabe que o preço dessa entrega será alto, muito alto, mas Caliban já não tem como voltar atrás.

Caliban será macho e fêmea de Dioniso, escravo e senhor, será passado e futuro, horror e êxtase, vida e morte num único alento.

O corpo de Caliban se mostra belo como nunca foi. Seus pensamentos correm cheios de brilho, suas mãos se tornam ágeis e fortes. Dioniso gargalha, sob seu olhar tudo floresce. Caliban possui e é possuído, devora e é devorado, submete e é submetido.

Dioniso entra em seu corpo dilacerando seus órgãos, Dioniso ocupa todas as possibilidades. Por dentro, Caliban se despedaça, explosões internas, por fora, ele se contorce, a pele se arrepia, Caliban chora lágrimas nunca imaginadas. O tempo se estende, e resta apenas um grito que se esgueira pela boca, fio esticado ao infinito. Caliban conhece seu verdadeiro nome.

Fim.

Quando tudo termina, Caliban cai desmaiado. Dioniso se retira, e a caravela segue seu caminho. Ao acordar na noite seguinte, Caliban se levantará com dificuldade, a pele queimada pelo sol, o corpo dolorido do combate. Ele saberá que sua vida nunca mais será a mesma, que o encontro com o deus fará de qualquer desejo humano uma bobagem, e tornará ridículo qualquer confronto, qualquer vingança. Que a partir dali toda busca será inútil. Todo prazer será uma falta. Pois o corpo não esquece, nunca mais o corpo esquece. Caliban compreenderá que não há para onde ir. Tudo já aconteceu. O mundo acabou e reco-

meçou mil vezes. Caliban sentirá raiva e melancolia e sau-
dade, a memória que insiste, e, ao final de tudo, erguerá o
rosto, e ao fundo, bem longe ao fundo, avistará, coberta de
luzes, finalmente, a ilha.

PÓS-ESCRITO

I.

Sim, há uma ilha. Conto. Mas minha forma agora é outra. Tenho duas cabeças e três braços. Um dos meus braços está morto. Enterrei-o ao pé dos juncos na beira do rio. Todos os dias vou lá ver se ele se desfez. Mas continua ali, até mesmo os anéis que usava na mão. Um lápis-lazúli com prata que a montanha me deu de presente. Não se deve aceitar presentes da montanha, suas pedras podem trazer má sorte. Por isso perdi o braço. Mesmo que eu ainda tenha outros dois, sempre sentimos falta daquilo que já foi nosso. Entre os juncos o braço continua existindo e escreve uma carta. Não sei o que diz nem a quem ele escreve pois não sei ler. Sou anterior a essas marcas demoníacas. A carta, quando acabou de escrevê-la, endereçou-a a mim, com instruções para que eu a entregasse ao primeiro ser que me perguntasse por ela. Eu a guardei na cozinha, num cesto onde escondo as batatas. As batatas também não sabem ler, ainda que tenham olhos. Então durante quase um ano a carta ficou falando sozinha. Até que um dia apareceram três homens. Eles tinham cada um dois braços e seis patas. Os corpos se separaram em dois animais, um de duas e um de quatro patas. Os corpos com duas patas mataram a todos nós menos a mim, que me escondi no cesto junto com as batatas e a carta. Depois de matar a todos, colocaram fogo na casa e foram embora. Eu consegui escapar, mas as batatas e a carta morreram queimadas. Eu corri até o rio, tive que atravessá-lo a nado. Nisso, uma das minhas cabeças morreu afogada e agora vive no fundo do rio. Alguns acham que é uma pedra. É mais fácil perder um braço do que uma cabeça. A que eu perdi tinha o cabelo branco e gostava de cantar e falava muitas línguas. Sinto falta dela. Muitas vezes, sinto-a como se continuasse aqui. Às vezes ela dói. Ou fala comigo. Mas não entendo o que ela diz pois fala num idioma estrangeiro que aprendeu no fundo do rio. Eu corro em direção ao bosque para que os homens de seis patas não me encontrem. Me escondo dentro do tronco de uma árvore e adormeço. Quando acordo no dia seguinte, tudo mudou. Já não há bosque nem animais nem nada, somente pedras vermelhas e terra vermelha e dura. O tronco fala comigo e diz: cuidado que o tempo pode te alcançar. O tronco me diz para voltar para dentro dele. Eu volto e volto a dormir. Durmo, durmo, durmo, durmo. Quando acordo e vou para fora, o bosque voltou. Ao longe vejo um dos homens de seis patas. Ele me vê, eu começo a correr, ele corre atrás de mim. O homem de seis patas me alcança e me leva para a sua caverna. Vivo com ele por muitas primaveras. O homem, quando está dentro da caverna, deixa do lado de fora parte do seu corpo. Ele tem uma fome que nunca acaba. Eu quase não como, mas meu ventre começa a inchar, incha, incha e incha até que algo se rompe dentro de mim e começa a sair água, no final sai uma pequena criatura. Ela tem a pele desbotada como se a tivessem esquecido dentro da água. A criatura se levanta, limpa a cera branca que tem grudada ao corpo, e me olha inquisidora. Pelo menos os seus olhos me parecem humanos. Ela me diz: onde está a carta? Perdeu-se, eu digo. Morreu queimada. *A criatura me olha com raiva, não diz mais nada, se aproxima, levanta a minha blusa e gruda a sua pequena boca no meu peito. Do meu peito sai um líquido espesso e branco. A criatura começa a crescer e a crescer, e quanto mais ela cresce, mais fraca vou ficando, meus pensamentos se movimentam muito lentamente e meus olhos ficam cada vez mais pesados. Quando a criatura já está do tamanho de uma pessoa ela finalmente solta o meu peito e sem dizer nada vai embora. Eu sei que ela vai em busca da carta, mas não vai encontrá-la. Eu mal consigo me mexer, meu corpo é só osso. Me arrasto até a cozinha, mas ao chegar vejo o homem de seis patas sentado com suas duas patas, ele toma uma bebida de uvas pisadas, ri, eu, com as últimas forças que me restam, corto a sua garganta com uma faca, a cabeça cai no chão, os olhos assustados, um grito que eu cortei antes da queda. Saio para o quintal onde está a outra parte do seu corpo, subo nela e me dirijo ao mais fundo do bosque. A outra parte do seu corpo agora é minha, ela relincha, tenho seis patas e dois braços, volto a ter duas cabeças. Uma das minhas cabeças me diz: a criatura que saiu de dentro de você é um ser monstruoso, carrega o sangue dele, comerá o mundo inteiro se deixarem. Eu não sei o que fazer. Você deve entregar-lhe a carta. Eu não me lembrava onde poderia estar a carta, talvez enterrada junto ao meu terceiro braço na beira do rio. Viajo noites e noites até chegar ao lugar. O braço continua ali, não está comigo, ele me diz ao me ver, você a levou para a sua antiga casa. Vou até onde ficava a minha antiga casa, mas o incêndio não deixou nada e sobre as cinzas crescera uma planta que eu nunca havia visto. A planta tinha pequenos frutos azuis que choravam. Eu também chorei, pela primeira vez. Eles me olharam com pena: choras por causa da carta, não? Eu digo que sim. A carta está nesta terra onde crescemos. Come-nos. Não tenhas medo. Com minhas duas cabeças, comi todas as frutas da planta. Mas eu não sei ler, digo, não se preocupe, já entenderás.*

Espero, espero, espero, mas nada acontece. Até que aparece a criatura. Por causa do seu olhar e de um sinal vermelho na testa a reconheço. Cresceu ainda mais, sua pele já não é tão branca, escureceu. A criatura me pergunta, você está com a carta? Sim, está comigo, vou ler para você, e as palavras da carta saem da minha boca como se fossem minhas. Quando acabo de ler, a criatura cai no chão como se fosse desmaiar, seu formato é monstruoso, olha para mim, eu faço um carinho no seu pelo. Ela vai embora, de um salto desaparece entre as árvores. Eu subo no meu outro corpo e sigo em frente, mais ao sul.

II.

Vivo no bosque. Vivo sozinha com meu outro corpo e um cão. O cão apareceu um dia e me guiou. Não quis me dizer o seu nome, por isso o chamo Cão. A criatura aparece nas noites sem lua e logo vai embora, mas eu sei que está sempre por perto, sinto o seu cheiro de terra fresca. Vivo dentro da montanha, a montanha me acolhe em sua encosta, entre suas paredes. Eu lhe ofereço presentes todos os dias, canto para ela, lhe trago flores. Desenho em suas paredes pequenos animais. Foi ela mesma que me ensinou a desenhar. Você tem que lhes pedir licença antes, para que eles se deixem desenhar. Os animais. Se permitirem, terás sempre o que comer. Não é fácil desenhar um animal, é algo perigoso, por isso prefiro começar desenhando pequenos pássaros e alguns coelhos. Os pássaros, assim que termino de desenhá-los, saem voando. Consigo pegar um coelho, mas ele canta para mim e eu adormeço. Quando acordo, ele havia comido Cão e deixado os ossos pelo chão. Eu junto os ossos com cuidado, coloco-os num cesto, cubro-os com uma mecha do meu próprio cabelo. No dia seguinte, Cão está vivo novamente. Ele late. Tenha cuidado, eu digo, esses coelhos desenhados não são como nós.

III.

Todos morreram, digo a Cão. Todos. Terei que ir buscá-los no reino dos mortos. Você que conhece o caminho será o meu guia. Cão concorda e me leva até o bosque, eu o sigo em silêncio. Caminhamos por muitos dias e noites até que chegamos a um clarão dentro do bosque, dentro do bosque há uma casa de onde saem vozes. Estão ali, diz Cão. Mas se você entrar não vai conseguir voltar. As vozes são muito familiares, eu as escuto cada vez mais alto, entro na casa, continuo escutando as vozes, mas não vejo ninguém. Cão late lá fora. Terremoto, anuncia com voz estridente. Mal consigo sair e a casa desaparece tragada pela terra. Estou só. Quando termina o terremoto, ali onde estava a casa cresce uma orelha. Diga-me algo, diz a orelha. Eu me aproximo e digo:

os ruídos
dos pássaros
têm gotas de mar
nos olhos
ao longe

uma baleia canta
a canção do vento
quando virão
as palavras azuis
estrelas na
beira do mundo
ao longe
um gato nos olha
com seus olhos de noite
shuauauauauauauau
a serpente tem
quatro patas
que corre pelas cinco
luzes do mundo
hmhmamamamahmhhshshssh
a montanha tem
onze mantas
dois vestidos e uns fiapos
os números são
estrelas que se apagaram
as vozes são os passos
de animais debaixo d'água
a noite cai e
ao longe brilham
estrelas em árvores sem vida

Termino de falar. A orelha me diz: a criatura que te acompanha, traga-a até aqui. A criatura não está, faz tempo que não a vejo. Procuro durante noites e noites e noites até que ela aparece. Eu a levo até a orelha, que imediatamente a engole. Passam-se muitas primaveras até que a criatura enfim sai de dentro da orelha e ao pular para fora se transforma em uma mulher, já não é um monstro. É uma mulher jovem. Caminha na minha direção, segura o meu rosto com as duas mãos e me dá um beijo na testa. Quando ela me beija sinto um vento forte e um cheiro de mar. Meu corpo envelhece rapidamente, meu corpo morre. A mulher jovem coloca meu corpo numa fogueira e canta. A carne crepita, depois os ossos. A mulher jovem recolhe as cinzas e fabrica com elas uma tinta escura com a qual escreve em sua pele. Depois se deita e permanece imóvel por três dias e três noites. Ao fim da terceira noite olha para o céu e vê um manto antigo cravejado de estrelas. Ela se levanta, põe o manto sobre os ombros e chama por Cão, que a segue, e vai embora.

Agradecimentos

Meu muito obrigada às amigas e amigos que com sua leitura, diálogo e generosidade me ajudaram a compreender melhor o que surgia:

Peter W. Schulze, por tudo e sempre e tanto.

Helena Machado, amiga-irmã cujas palavras me devolveram as primeiras imagens.

David França Mendes, por estar perto, pelo humor e sabedoria.

A Cecilia Gil Mariño, pelo olhar sempre atento aos detalhes.

A Delfina Cabrera, que me leu da distância-presença.

A Renata Belmonte, pela leitura que se desdobra.

A Claudia Lage, pelo diálogo, pelo carinho, por saber de onde venho.

Agradeço também à Beth da Rocha Miranda, que me acompanhou por caminhos desconhecidos.

Obrigada às minhas editoras: Julia Bussius pelo carinho

que se estende no tempo e a Stéphanie Roque, cuja certeza e entusiasmo me deram um chão por onde caminhar.

Agradeço também a Julie Trudruá Dorrico e Natalia Borges Polesso pelas palavras tão lindas que acompanham esta edição.

E como sempre, à Victoria, pela sua existência luminosa em minha vida.

ESTA OBRA FOI COMPOSTA EM MERIDIEN PELO ESTÚDIO O.L.M. / FLAVIO PERALTA E IMPRESSA EM OFSETE PELA GRÁFICA PAYM SOBRE PAPEL PÓLEN BOLD DA SUZANO S.A. PARA A EDITORA SCHWARCZ EM OUTUBRO DE 2022

A marca FSC® é a garantia de que a madeira utilizada na fabricação do papel deste livro provém de florestas que foram gerenciadas de maneira ambientalmente correta, socialmente justa e economicamente viável, além de outras fontes de origem controlada.